村上春樹 翻訳ライブラリー

象

レイモンド・カーヴァー

村上春樹 訳

中央公論新社

目次

象

引越し

Boxes

母は既に荷作りを終え、あとは出発するだけになっていた。でも日曜の夕方、ぎりぎりになって電話をかけてきて、僕らを食事に誘う。「今冷蔵庫の霜とりがはじまっちゃってさ」と母は言う。「悪くならないうちにチキンをフライにしてしまいたい」お皿とかナイフとかフォークとかを持って来てほしいと母は言う。食器やら台所用品やらはみんな引越し荷物の中に入ってしまっている。「最後の御飯なんだから、あんたとジルと三人で一緒に食べたいよ」と母は言う。

僕は電話を切り、そのまま窓際にしばらく立っている。まったくどうしたものか。でもどうしようもない。しかたなくジルの方を向いて「お袋のところに行って、最後に一緒に飯を食おう」と言う。

ジルはテーブルの上にシアーズのカタログを開いてカーテンを選んでいる。でも電話の話はちゃんと聞いていた。彼女は顔をしかめる。「またなの?」と言う。そしてページの端を折ってカタログを閉じる。溜め息をつく。「やれやれ、私たち今月だけでもう二回か三回お母さんの家に御飯を食べに行ってるのよ。引越しするっていうのもどこまで本気やら」

ジルは思ったことをそのまま口に出す女だ。三十五で、髪を短くしている。職業は犬の美容師である。美容師になる前は(彼女はその仕事が気に入っている)、ごくあたりまえの子持ちの主婦だったが、ある日突然、その人生はでたらめなものになってしまった。二人の子供が別れた夫に誘拐されてオーストラリアに連れ去られ、そのままそこに落ち着いてしまった。二度めの夫は酒飲みで、酔っぱらって彼女の鼓膜を破り、それから車ごと橋の手すりを突き破ってエルファ川に落ちて死んだ。その男は生命保険に入っておらず、ましてや損害保険になんて入っているわけがない。ジルは埋葬のための金を人に借りなくてはならなかった。それから——なんたることか——橋の補修費用の請求書がまわってきた。それに加えて彼女自身の治療費用もかかった。今ではそれも思い出話になっている。なんとかそこから立ち直ることもできた。でも彼女は僕の母親のことではとことんうんざりしていた。僕だってうんざりはしていたが、なんといっても自分の母親なのだから文句は言えない。

「あさってになればお袋はいなくなっちまうよ」と僕は言う。「なあジル、僕に気を遣わなくていいんだぜ。一緒に行きたくなきゃそう言ってくれよ」べつにどっちでもいい、と僕は言う。偏頭痛がするって言っておけばいい。これまで嘘を一度もついたことないっていうわけでもなし、と。

「いいわよ、行くわよ」と彼女は言う。そして立ち上がってバスルームに行く。彼女はふくれるとバスルームに閉じ籠もる癖があるのだ。

僕らは去年の八月に一緒に暮らすようになったのだが、ちょうどそれと時を同じくして、母親がカリフォルニアからここロングヴューへ引越してきた。ジルは彼女なりに母とうまくやろうと努力はした。でも我々が二人で力を合わせてどうにか人生の態勢を建て直しかけているところに、母親が突然転がり込んでくるというのは、いかにもタイミングが悪かった。最初の夫の母親のことを思い出してしまうと彼女は言った。「そのお母さんというのがべたべたのくっつきやだったのよ」と彼女は言った。「ほんとに息が詰まりそうだった」

お袋がジルを邪魔者と見なしていることは間違いあるまい。お袋にしてみれば、ジルは僕の女房が出ていったあと僕とくっついては離れていった数々の女たちのうちの一人に過ぎないのだ。この女さえいなければ、僕の愛情や関心や、あるいはいくばくかの金さえもが、自分の方に向けられたかもしれないのに、と思うわけだ。そしてこの女は敬意を払うに価する女なのだろうか？　とんでもない。僕は覚えているのだが

——忘れるもんか——結婚前に母は僕の女房のことを売女と呼んだ。そしてそれから十五年後に、何処かの男と駆け落ちした女房のことをまた売女と呼んだ。

　顔を合わせると、ジルと母はとても親しげに振る舞う。会うとき別れるとき、二人は抱き合って挨拶する。特売品についてあれこれと話し合う。でもジルは母の相手をすることにうんざりしていた。お母さんといるとイライラするのよ、とジルは言う。お母さんは何に対しても誰に対しても否定的になっている。あの人には捌け口が必要なのよ、同じような年代の人たちがやってるような、たとえば老人センターでかぎ針編みをするとか、トランプをするとか、あるいは教会に通うとか、そういうことをすりゃいいのよ。そうすれば少なくとも私たちは心穏やかに暮らせるのに。でも母は母なりのやりかたで問題を解決した。私はカリフォルニアに帰ります、と彼女は宣言した。この町の何から何まで、誰から誰まで、もううんざりだよ、と母は言った。こんなひどい町もちょっとないね。この町をそっくり差し上げますし、あと六個同じようなのをおまけにつけてあげますからここに住んでくださいと言われても、私しゃ絶対に御免だね、と言った。

　引越しの決心をしてから一、二日のうちに、母は荷物をいくつかのダンボール箱に詰めてしまった。それが一月だったか二月だったか、とにかく冬のことである。そして今やもう六月の末だ。箱は何ヵ月もの間、母の家の床に置きっぱなしになっていた。部屋から部屋に移動するのにも、いちいち迂回したりまたいだりしなくてはならない。何はともあれ、そんなところに母親を住まわせておくのはあまり気分の良いものではない。

十分かそこらあとでジルはバスルームから出てくる。僕はマリファナの吸いさしをみつけ、隣人が車のオイルを交換するのを見物しながらそれに火をつけ、ジンジャー・エールを飲む。ジルは僕に見向きもせず、台所に行って皿やナイフ、フォークを紙袋に詰め込む。でも彼女が居間に戻ってくると、僕は立ち上がり、それから二人で固く抱き合う。

「いいのよ」とジルは言う。何がいいって言うんだ、と僕は思う。どう考えたっていいことなんてひとつもありゃしない。でも彼女は僕の体に手をまわし、手のひらで肩を軽く叩く。彼女の体はペット用シャンプーの匂いがする。仕事場でしみこんだ匂いだ。家のそこらじゅうにその匂いがする。ベッドに入ってるときだって匂いは消えない。ジルは最後にひとつぽんと僕の背中を叩く。それから僕らは車に乗り、町を抜けて母の家に行く。

僕はこの土地が気に入っている。越してきた当初はそうではなかった。夜になると何もやることがなかったし、ひとりぼっちだった。それからジルと出会った。二週間か三週間後に彼女は僕の家に引越して来た。先のことまでは深く考えなかった。二人で幸せに暮らせればそれでよかった。やっと我々にも運が向いてきたみたいだ、と二人で言い合った。でも僕の母親はあまり良い目にあってはいなかった。そちらに行って住もうと思うという母親からの手紙が来た。ここに越してくるのはあまり勧められない、という返事の手紙を僕は書いた。冬の天気は最悪だし、町から数マイルのところに刑務所が建設中だし、それに夏になると観光客で身動きできないくらい混雑するんだと書いた。でも無駄だった。母はそんなものどこ吹く風とここに引越してきた。そして住みはじめて一ヵ月もたたないうちに、こんなひどいところはないとわめきたてはじめた。自分がここに越してきたのもまるで僕のせいだと言わんばかりだったし、何か気に入らないことがあると、みんなこっちのせいになった。母は僕に電話をかけてきて、ここがいかに汚らしい町であるかを言いたてた。「責任転嫁のあらさがし」とジルは言った。市内バスはやくざだし、運転手はつっけんどんだと母は言った。老人センターに来る連中ときた日にはもう——あのね、私はいまさら「21」なんてやりたくもないよ、と母は言った。「あいつらみんなトランプ抱えて地獄に落ちりゃいいのに」と言った。スーパー・マーケットの店員は意地が悪いし、ガソリン・スタンドの連中は私のことも車のことも目に映らないみたいだ。それから家主のラリー・ハドロックについても一言あった。お殿様ラリー、と彼女は呼んだ。「あの人はね、薄汚い貸家をいくつか持っていてそれで小銭を稼いでいるってだけで、自分が大物だと思ってるのさ。あんなやつと知り合ったことからして自分が情けない」

母が越してきたのは八月で、このときはもう本当に暑かった。そして九月になると雨が降り始めた。何週間にもわたって毎日のようにざあざあ雨が降り続いた。十月には寒気がやってきた。十一月から十二月には雪が降り続いた。でもそうなるずっと前に、母はこの土地や住民に対して罵詈雑言を浴びせかけるようになっていたし、僕はそういうのを聞かされるのにとことんうんざりしていた。そしてある日、とうとう我慢しきれなくなって、もういい加減にしろよ、と母に言った。彼女はおいおいと泣いて、僕はわかったわかったと母を抱きしめた。そしてこれで一件落着と思った。でも二、三日たつと、母はまた文句を言いたてはじめた。同じことの繰り返しだった。クリスマスのちょっと前に母は電話をかけてきて、いつプレゼントを持って家に寄ってくれるのかと訊いた。母はツリーも飾っていないし、飾るつもりもないと言った。こんな天気ずっと続くようなら私はもう自殺することになるよ、とも。

「つまらないこと言わないでくれよ」と僕は言った。

「冗談で言ってるんじゃないよ」と母は言った。「こんなところにいるくらいなら、お棺入りした方がよほどマシだよ。こんな地の果てみたいなところ、もううんざりだよ。なんの因果でこんなところに来ちまったんだろう？ いっそのことこのままばったり倒れて、この辛い浮世とおさらばしちまいたいよ、まったくの話」

僕は受話器を握りしめたまま、電柱のてっぺんで送電線の工事か何かそんなことをしている男を見ていたことを覚えている。男の頭の上で雪が舞っていた。そのうちに男は安全ベルトひとつに身をまかせて体をぐっと前に乗り出した。もし落ちたらどうしよう、と僕は思った。それに対していったい何をどう言えばいいのか、見当もつかなかった。ただ黙ってるわけにはいかない。でも僕の心は息子が母親に対して抱くべきではない類いの恥ずべき思いや感情で満ちていた。「ねえ母さん、何か僕にできることがあったら言ってよ」と僕は言った。「なんといっても親子なんだからさ」

「お前にできることなんかもう何もないね」と母は言った。「そういう時期はもう過ぎ去ってしまったよ。手の打ちようがない。手遅れなんだよ。私だってね、ここを好きになりたいと思っていたんだよ。お前と一緒にピクニックやらドライブやらに行けるかと思っていたんだ。でもそんなこと一度もなかった。お前はいつもいつも忙しいんだ。いつも仕事でとびまわっている。お前にしてもジルにしても家にいたためしがないじゃないか。それとも家にいても一日ずっと受話器を外しているのかい？　とにかく私はお前に会うことさえできないのさ」

「そうじゃないよ」と僕は言った。本当にそうじゃないのだ。でも母は僕の言うことなんか耳にも入らないという態度で喋り続けた。あるいは本当に耳に入らなかったのかもしれないけれど。

「その上、ここの気候ときたら命取りだよ」と母は言った。「まったく寒いったらありゃしない。どうして前もってそのことを教えてくれなかったんだい、ここの寒さは北極点なみだって。それがわかってりゃ来なかったさ。カリフォルニアに帰りたいよ。あそこには少なくとも行き場所があった。ここじゃどこかに行こうたって行くあてもない。カリフォルニアには知合いがたくさんいるんだ。友達もいて、私のこと気遣ってくれる。ところがここでは誰も私になんかこれっぽっちもかまっちゃくれない。なんとか六月まで生き延びられるように祈るだけさ。もし有り難いことに六月まで命がもったら、こんなところきれいさっぱりおさらばするよ。これまでいろんなところに住んだけど、ここは正真正銘最悪だね」

そう言われると何も言えなくなってしまう。話のつなぎに天気のことを口にすることさえできない。なにしろ天気のことがまさに論点となっているんだから。じゃあねと言って我々は電話を切った。

世間の人は夏になると休暇をとるが、母は夏になると引越しをする。何年か前に父が職を失って以来、お袋は延々とこれを続けている。父がレイ・オフされると、二人は当然のことのように家を売り払った。そして幸運を求めてよその土地に越していった。でも越したところで物事はちっとも好転しなかった。それで二人はまたよそに移った。そのように際限なく引越しを続けた。二人は貸家やらアパートやら移動住宅やらに住んだ。家具つきモーテルにさえ住んだ。引越すたびに荷物が減っていった。二度ばかり僕の住んでいた町にもやってきた。僕ら夫婦としばらく同居して、それからまた何処かに越していった。移動性の動物に似ていると言えなくもなかったが、二人の移動には法則性が欠けていた。二人は何年もあてもなく彷徨《さまよ》いさすらっていた。あるときには「新しい可能性のある土地」を求めて他の州に移ったりもした。しかし大体のところ彼らはカリフォルニア北部に留まって、その中であっちに行ったりこっちに行ったりしていた。それから父が死んだ。これで母もしばらくどこかに腰を落ち着けて暮らすことになるだろうと僕は思った。でも母は移動を続けた。僕は精神科医に診てもらった方がいいよと勧めた。費用は出してやるからとまで言った。でも母は僕の言うことになんてこれっぽっちも耳を貸さなかった。そしてさっさと荷物をまとめて町を出ていってしまった。僕はそういうのにもう辟易していた。そうでなければ精神科医の話なんて持ち出したりしない。

母はいつも荷物をほどいているか、あるいは荷作りしているかだった。あるときには年に二回か三回引越しをした。母はあとにする土地について悪口を言い、これから行く土地については楽観的に語った。彼女の郵便は致命的に混乱し、養老年金の小切手はとうとう行方不明になってしまった。母は何時間もかけてそれについての苦情の手紙をしたためた。一つのアパートから二、三ブロックしか離れていない別のアパートに移ることもあった。そしてその一ヵ月あとで、もとのアパートの違う階だか違う側だかの部屋に戻った。そういうのがわかっていたから、母がここに越して来たとき、僕はちゃんとした家を借りてやって、できるだけ好みの家具が揃うように気を遣って面倒もみたのだ。「引越しして回るのがお母さんの原動力なのよ」とジルは言った。「引越しを続けている限り何かやることがあるのよ。そうすることで屈折した生きがいを感じているんだと私は思うな」。でも生きがいがあるにせよないにせよ、母は頭がいかれかけているに違いないとジルは思っている。僕も実にそう思う。でも自分の母親に向かって、ねえ母さん、あんた頭がいかれかけてるよ、なんて言えるだろうか？　それにもし真実お袋の頭がいかれかけていたとして、それで僕に何ができるだろう？　たとえ言動にいささかの問題があるにせよ、母はちゃんと計画を立てて新たな移動にかかることができる程度にはまともなのだ。

僕らが家に行くと、母は裏口で待っている。母は七十で、白髪頭で、フレームに模造ダイヤの入った眼鏡をかけている。生まれてこのかた一度として病気で寝込んだことがない。彼女はジルを抱き、そして僕を抱く。その目は酔っぱらったみたいにらんらんと輝いている。でも、母は酒を口にしない。父が禁酒して以来、もう何年も飲んだことがないのだ。抱擁が終わると、みんなで家の中に入る。夕方の五時前後だ。台所から漂ってくる何かの料理の匂いを嗅いで初めて僕は自分が朝食のあと何も食べていなかったことに気づく。もうマリファナの酔いも覚めている。

「腹が減って死にそうだよ」と僕は言う。

「とても良い匂いね」とジルが言う。

「味の方も良きゃいいんだけどね」と母は言う。「このチキン、ちゃんと火が通っているといいんだけどさ」彼女はフライパンの蓋を開け、チキンの胸にフォークを突き刺す。「何が嫌って、生焼けのチキンくらい惨めなものはないね。うん、大丈夫だろう。あんたたち座ってれば？　どこでもいいよ、座って。まだこのレンジの温度をうまく調整することができないんだ。ヒーターが早く温まりすぎちゃうんだ。私は電気式レンジって昔から嫌いなんだよ。そこの椅子の上のがらくたはどかしておくれよ、ジル。まったくジプシーみたいな生活だろう。でもそれももうあとちょっとの辛抱だ」母は僕が灰皿を捜しているのに気づく。「お前の後ろにあるよ」と母は言う。「窓のところだよ。立ったついでにみんなにペプシを注いでくれないかね。そこの紙コップ使っていいから。グラスを持ってきてもらおうと思って言うのを忘れちゃったんだ。ペプシは冷えてるかい？　氷ってものがないんだよ。この冷蔵庫は何かを冷やしておくってことができないんだ。たいした代物だよ。アイスクリームを入れておくとスープみたいにべちゃべちゃになっちゃうんだ。いろいろと冷蔵庫は見たけど、これくらいやくざなのも初めてだね」

母はフォークでチキンを刺して皿に盛り、その皿を豆とコールスローと白パンと一緒にテーブルに並べる。それから何か忘れたものはなかったかとぐるっと見回す。塩と胡椒だ！「お座りよ」と母は言う。

僕らはテーブルに着き、ジルは袋から皿を出して一枚一枚僕らに配る。「向こうに帰ったら今度はどこに住むんですか？」とジルが尋ねる。「もう決まっているのかしら?」

母はジルにチキンを回して言う。「前に家を借りた女の大家さんに手紙を書いたんだ。返事が来て、一階のとても良い部屋が空いているってことだったよ。バス停のすぐそばで、近くに商店街もあるんだ。銀行もあるし、セイフウェイ・ストアもある。至れり尽せり。どうしてあそこを離れたりしたんだろう?」母はそう言ってコールスローを少し自分の皿にとる。

「ほんと。そんなに良いところなら、どうして出てきちゃったの?」とジルが尋ねる。

彼女は脛肉を取ってそれを眺め、一口齧る。

「それはね、隣にアル中のばあさんが住んでいたからさ。その女は朝から晩まで飲んでいた。壁がひどく薄くてね、その女が一日氷をぽりぽり齧ってる音が聞こえたよ。歩行器を使っていたんだけど、それでもじっとしてないで動きまわってた。朝から晩までその歩行器のごそごそごそごそって音が聞こえるんだ。それと、冷蔵庫のドアがばたんと閉じる音」母は自分が我慢しなくてはならなかったあらゆる物に対して首を振る。「出ないわけにはいかなかったんだよ。ごそごそごそって一日じゅう続くんだ。耐えられなかった。あんな生活はもう御免だよ。今回はちゃんと大家に言ったんだ。アル中の隣の部屋だけは勘弁してくれって。それから二階は嫌だって。二階からは駐車場しか見えないんだ」母はジルがそれについて何か意見を述べるのを待つ。でもジルは何も言わない。母は僕の方をじっと見る。

僕もがつがつと食べるだけで、口をきかない。いずれにせよ、そんなこと言われたって口のはさみようもない。僕はもぐもぐと口を動かしながら、冷蔵庫の隣に積みあげられた箱に目をやる。それから、コールスローをもう少し取る。

まもなく僕は食べ終えて、椅子を後ろに下げる。ラリー・ハドロックが家の裏口にやってきて僕の車の隣にピックアップ・トラックを停め、荷台から芝刈り機をおろす。僕はテーブル越しに窓の外の彼の姿を見ている。彼はこちらを見ない。

「何をしようっていうんだろう」と母は言って食事をする手をとめる。

「ここの家の芝を刈るつもりらしいね」と僕は言う。

「変な話だねえ」と母は言う。「先週刈ったばかりだよ。まだろくに伸びてもいないはずだよ」

「新しい店子《たなこ》のためでしょう」とジルが言う。「誰があとを借りるのかはしらないけれど」

母はそれで納得して、また食事に戻る。

ラリー・ハドロックは芝刈り機のスイッチを入れ、草を刈り始める。彼とはちょっとした知合いである。僕の母親が住むんだと言うと家賃を月に二十五ドル安くしてくれた。彼は男やもめで、六十代半ば、大柄の男だ。優れたユーモアのセンスを持った不幸な人物である。両腕は白い毛に覆われている。帽子の下からも固い白髪がぴょんぴょんと飛び出している。雑誌の挿絵に出てくる農夫みたいな風貌だったが、でも実際には農夫ではなかった。彼は小金を貯めて引退した建築労働者だった。最初のうちしばらくは、彼と母が一緒に食事でもして仲良くなるかもしれないなと想像したりしたものだった。

「王様がいらっしゃるよ」と母は言う。「ラリー王。誰もが彼のようにいっぱいお金を持ってるわけじゃないし、でかい家に住んで、みんなから高い家賃をしぼりとれるわけじゃないからね。ここをおさらばしてあの貧乏くさいおいぼれ面を二度と見なくて済むことを願うばかりだね。このチキンの残りを食べちゃっておくれよ」と母は僕に言う。でも僕は首を振って煙草に火をつける。ラリーが芝刈り機を押して窓の下を通りかかる。

「もう少しで見なくてすむようになるんでしょう？」とジルが言う。

「まったく有り難いことだよ、ジル。でもあの男、私に敷金を返しちゃくれないよ」

「なんでそんなことわかるんだよ？」と僕は言う。

「ただわかるんだよ」と母は言う。「あの手の連中とは前にも関わったことがある。あいつらは取れるものは何だって取るんだ」

ジルは言う。「もうちょっとの辛抱じゃない。そうすればあの人と関わることも二度とないわよ」

「嬉しくて仕方ないね」

「でもまた同じような人が出てくるかもしれないわね」とジルは言う。

「嫌なことを言わないでおくれよ」と母は言う。

ジルがテーブルの上を片づけているあいだに母はコーヒーを作る。僕はカップを洗う。そしてコーヒーを注いで、僕らは「小物」と書いてある箱を迂回してカップを持って居間に行く。

ラリー・ハドロックは家の横にいる。家の正面の道路を車がゆっくりと流れ、木々の陰に太陽が沈みはじめていた。芝刈り機のうなりが聞こえる。鳥が何羽か電線から飛び立ち、正面の庭の刈ったばかりの芝生の上に舞い降りる。

「お前に会えなくなると寂しいよ」と母は言う。それから付け加える。「あんたのこともね、ジル。あんたたち二人に会えないと寂しい」

ジルはコーヒーをすすって肯く。そしてこう言う。

「私も祈ってるわ、お母さんが無事向こうに戻って、理想の場所をみつけることができるように」

「落ち着いたら――神に誓ってこれがもう最後の引越しだよ――あんたたちが遊びに来てくれると嬉しいね」と母は言う。そして同意を求めて僕の方を見る。

「遊びに行くよ」と僕は言う。でもそれが嘘であることは自分でよくわかっている。僕の人生はそこで無茶苦茶になってしまったのだ。二度と戻りたくなんかない。

「ここでお母さんがもっと幸せになれればよかったんだけど」とジルは言う。「少しは辛抱というものをなさればいいのに。御存じないとは思うけどあなたの息子さん、あなたのことが心配で参っちゃったのよ」

「よせよ、ジル」と僕は言う。

でも彼女は小さく頭を振って構わずに話し続ける。

「心配がこうじて眠れないことだってあったのよ。時々夜中に目を覚ましてこう言うの。『駄目だ。お袋のことを考えると眠れない』って。ねえ、言っちゃったわよ」と言ってジルは僕を見る。「でもずっと胸につっかえてたの」

「だから私にどう思えっていうんだよ?」と母は言う。「私くらいの歳になれば、普通の女ならみんな落ち着いた平穏な暮らしをしてるものなんだよ。なのにどうして私だけそうなれないのだろう？　私が求めているのはまっとうな町のまっとうな家をみつけて幸福に暮らすこと、それだけだよ。私は厚かましすぎるかい？　そりゃないだろう。それくらいのことを望んだってばちはあたらないと思うんだけどね」母は紙コップを椅子の横の床の上に置いて、それはそのとおりねとジルが相槌を打ってくれるのを待つ。でもジルは黙っている。それですぐに母は自分が幸せになるための計画の概要をしゃべり始める。

ひとしきりそれが続いた後で、ジルはコップに目をやって、コーヒーのおかわりを注いだ。僕の見たところ彼女はもう何も聞いていない。でもそんなことにはおかまいなく、母は際限なく喋り続ける。鳥たちは前庭の芝をつっついている。芝刈り機のぶうううんというううなりと、それが芝の塊りを刃にまきこんでどさっという音を立てて止まる様子が耳に届く。機械が止まると、ラリーはエンジンをふかせるが、なかなかうまくかからない。でもそのうちうまくかかり、またすぐに作業に戻る。鳥たちはぱっと飛び立って、また電線に戻る。ジルはじっと爪を点検している。明日の朝、中古家具屋が来るんだよ、と母が言う。彼女がバスで送ったり、車で持ち運んだりするつもりのないものを引き取りに来るのだ。テーブルや椅子やテレビやソファーやベッド、そういうものが中古屋の手にわたる。しかし中古屋はカード・テーブルだけは使いみちがないという。だから僕らが必要ないなら捨てるしかないと母は言う。

「俺、引き取るよ」と僕は言う。ジルがちらっと僕の方を見る。そして何か言いかけるが、考えなおしてやめる。

明日の午後、グレイハウンド・バスの停留所まで僕が車で荷作りした箱を運ぶ。そしてカリフォルニアに送る。前に決めた通り、最後の夜は僕のところに泊まる。そしてその翌日、今日から二日後に、母は行ってしまう。

母は話し続ける。延々と話し続ける。その旅がどういうものになるかということを詳述する。午後の四時まで車に乗って、それからモーテルの部屋を取ってそこで泊まる。暗くなるまでにはユージーンに着けるだろうと母は踏んでいる。ユージーンは良い町だよと言う。前に一度、ここに来る途中で泊まったことがあるのだ。そして夜明けとともにモーテルを出れば、そして神様のお目こぼしがなければ、私は午後にはカリフォルニアに着けるだろう、と母は言う。神様はちゃんと私のことを見ていらっしゃる、わかるんだよ、と母は言う。神様は私のことで何か心づもりがおありなんだよ。そうでなくて何でこうして長々と生き延びてられるもんかね。ここのところ私はずっとお祈りしてるんだよ、お前のこともお祈りしているよ、と母は僕に言う。

「どうしてこの人のために祈るのかしら？」とジルが尋ねる。

「そうしたいからだよ。私の息子だからだよ」と母は言う。「お祈りしちゃいけないかね？　たまにはお祈りでもしなきゃ、この世の中生きていけないだろう？　そりゃそうじゃない人だっているかもしれないけどさ。まあ、当世のことは良くわからないよ」母は額に手をやってピンからほつれて落ちた髪をなおす。

芝刈り機がぼそぼそという音を立てて止まる。ほどなくホースを引っ張って家の回りをぐるっと回るラリーの姿が見える。彼はホースをセットすると水栓を開けるためにまたゆっくりと後戻りする。スプリンクラーが回り始める。

母はここに住むようになった最初からラリーが自分に対してどんなひどい仕打ちをしてきたか、あることないことべらべらと並べたて始める。でも僕ももう何も聞いていない。母は今また旅路につこうとしているし、彼女を説得したり、止めたりすることは何をもってしても不可能だ。僕に何ができるだろう？　まさか縛りあげることもできないし、結局はそうなるかもしれないとしても、今ここで施設に放り込むわけにもいかない。母のことが気掛かりだし、考えると胸が痛む。残されている肉親といえば母一人しかいない。ここが気に入らなくて母が去っていくことについては残念だと思う。でも僕は金輪際カリフォルニアには戻らない。となると、話の成り行きははっきりしてくる。いま母がここを去れば、おそらくもう二度と会うことはないだろう。

僕は母の方に目をやる。彼女は話をやめている。ジルは顔を上げている。二人とも僕を見ている。

「どうしたんだい、お前？」と母が言う。

「どこか具合悪いの？」とジルが言う。

僕は椅子の上に前屈みになって両手で顔を覆う。そしてしばらくその格好のままじっとしている。そんなことしていると気分が悪いし、馬鹿みたいだ。でもどうしようもないのだ。やがて、僕をこの世に生みだした女と、知り合って一年にもならないもう一人のこの女が、揃って声をあげて席を立ち、馬鹿みたいに両手で顔を覆って座っている僕のところにやってくる。僕は目を開けない。スプリンクラーがぴしぴしと芝を打つ音に耳を澄ませる。

「どうしたのよ？　何があったの？」と二人は言う。

「何でもないよ」と僕は言う。そしてすぐに立ち直る。目を開けて頭を上げ、煙草を手に取る。

「だから言ったでしょう？」とジルが言う。「お母さんのおかげでこの人は神経が参ってるんですよ。あなたのことが心配で頭がおかしくなりかけてるの」彼女は僕の座ってる椅子の片側に、母はその反対側にいる。二人は今にも僕を二つに引き裂いてしまいそうな勢いである。

「ああこんな風に厄介者になってまで生きていたくない」と母は静かな声で言う。

「聖ハンナ様、私はこれ以上耐えられません」

「もう少しコーヒーを飲みたいな」と僕は言う。「テレビのニュースを見て、それから僕とジルは失礼するよ」


二日後の早朝に母と別れの挨拶をする。これが見納めということになるかもしれない。ジルは起こさなかった。彼女がたまに仕事に遅れたとしても、それがどうだというのだ。犬の入浴やらトリミングやら、そんなものは一刻を争う一大事ではない。一緒に玄関の階段を下りて車のドアを開けてやるまで、母は僕の腕をじっとつかんでいる。彼女は白いスラックスと白いブラウスと白いサンダルという格好だった。髪はぎゅっと後ろにまとめられてスカーフで縛られていた。スカーフの色も白だ。良い天気になりそうだった。空には雲ひとつなく、もう真っ青だ。

フロント・シートには道路地図とコーヒーの入った魔法瓶が見える。母はそれを、何かしらこれという目で見ている。ほんの数分前に自分で持ってきてそこに置いたというのに。そして僕の方を振り向いて言う。「もう一度抱かせておくれよ。首を撫でさせておくれ。もう当分は会えないだろうからね」母は僕の首に両腕をまわして抱き寄せ、おいおいと泣き始める。でもほとんど突然といってもいいくらいさっと泣きやみ、手のつけねの部分で目を押さえながら何歩か後ろにさがる。「こんなこともうやらないって言ったよね。だから二度とやらないよ。でも最後に姿をよく見せておくれ。お前と離れるのは本当に辛いんだよ」と母は言う。「こういうのを乗り越えていかなくちゃならないんだ。今までもそうやってきた。とても耐えられないだろうと思うことだってちゃんとやってきた。今度もなんとかしのいで生きていけるさ」母は車に乗り込み、ちょっとエンジンをふかす。そして窓を下ろす。

「母さんと別れるのは辛いよ」と僕は言う。母と離れるのは本当に辛い。何といっても母親なのだもの、辛いのは当たり前だ。でも、ああ神様、僕はほっとしてもいたのだ。これでもうおしまい、いなくなるんだと思うと。

「さよなら」と母は言う。「ジルにゆうべの御飯のお礼を言っておいておくれ。さよならもね」

「言っとくよ」と僕は言う。僕はそこに立ったままもう少し何か言おうと思うのだが、言うことが思いつかない。僕らは互いをじっと見ている。にっこり微笑んで、相手に「大丈夫だよ、何でもないいんだ」という印象を与えようとして。それから母の目に何かが宿る。ハイウェイのこととか、今日一日でどれくらいの距離を走らねばならないかとかいうようなことを考えているのだろう。僕を見るのをやめて、前方の路面に目をやる。窓ガラスを上げ、車のギヤを入れる。そして交差点のところまで車を進める。そこで信号が変わるのを待たねばならない。母の車が道路に入って、ハイウェイに向かって行ってしまうと、僕は家の中に引き返し、コーヒーを飲む。しばらくは哀しい気分だった。しかしやがてその哀しい気分も消え、僕は他のいろんなことを考え始める。

　数日後の夜に母は電話をかけてきた。部屋を片づけるのに手間どってね、と母は言った。新しいところに引越すといつもそうなのだ。お前も喜んでくれると思うけど、この気候の良いカリフォルニアに戻ってこられてこんな嬉しいことないよ、と母は言う。でも彼女は言う、ここの空気には変なものが混じってるよ、たぶん花粉だと思うんだけどさ、くしゃみばかり出るんだ。それに前より交通量が増えたような気がするね。私の記憶じゃこのあたりはそんなに車は多くなかったんだけどねえ。そして言うまでもないことだけど、ここの連中の運転ときたら相変わらずでたらめのかぎりだ。「カリフォルニアのドライバーときた日にはねえ」と母は言う。それにこの季節にしては暑すぎる、と母は言う。アパートのエアコンがどうも調子良くないみたいなんだ。管理人に文句言えばいいじゃないか、と僕は言う。「管理人なんて用事のあるときに限って見当たらないものさ」と母は言う。カリフォルニアに戻ったのが失敗だったなんてことにならなきゃいいんだけどね、と母は言う。そしてそこでちょっと間を置く。

僕は受話器を耳に押し付けたまま窓際に立っている。そして窓の外に見える街の灯やら、近所の明かりのともった家やらを見ている。ジルはテーブルに向かって座り、僕らの話に耳を傾けながらカタログのページを繰っている。

「もしもし、聞こえているのかい？」と母が言う。「黙りこくってないで何か言っておくれよ」

どうしてかはわからないが、そのとき僕は、父が母に対して優しく話しかけるときなんかに（つまり酔っぱらってないときなんかにということだが）時々使っていた親密な呼び掛けの言葉をふと思い出す。それはずっと昔、僕がまだ小さな子供だった頃のことだった。でもその言葉を聞くと僕は気分が良くなり、ほっとしたものだった。そして未来に希望を抱くことができた。「お前《ディア》」と父は言った。時々そういう風に「お前《ディア》」と彼は母のことを呼んだ。素敵な言葉だ。父は言った。「お前《ディア》、買い物に行ったらついでに煙草を買ってきてくれないか？」とか、「お前《ディア》、風邪の具合はどうだい?」とか、「お前《ディア》、私のコーヒーカップは何処にいったかな」とかいう風に。

そのあとをどうつづけるかもわからぬまま、その言葉は僕の口からふとこぼれてしまう。「母さん《ディア》」と。もう一度繰り返す。「母さん《ディア》」と僕は言う。「母さん《ディア》、いいかい、怖がることなんか何もないんだよ」と僕は言う。僕は母さんのことを愛しているし、手紙も書くよちゃんと、と僕は言う。そしてじゃあまたねと言って電話を切る。

しばらく僕は窓際を離れない。そこに立ったまま灯のともった近所の家々を眺めている。見ていると一台の車が道路から玄関に通じる道に入ってくる。ポーチの明かりがつく。家の扉が開いて誰かが迎えに出てくる。

ジルはカタログのページを繰っているが、ふと手を止める。「これこれ、こういうのが欲しかったのよ」と彼女は言う。「まさにぴったりだわ。こんなに思いどおりってのもなかなかないわね。ねえ、ちょっと見てくれない?」でも僕はそんなもの見ない。カーテンがなんだっていうんだ。「ねえ、そこから何が見えるの?」とジルが尋ねる。「何なのよ?」

そう言われてもべつにたいしたものが見えるわけじゃない。ポーチの二人はしばらく抱き合っている。それから家の中に入る。電灯がつけっぱなしになったままだ。でもやがて彼らもそれに気づいたらしく、灯が消える。

誰かは知らないが、このベッドに寝ていた人が

Whoever Was Using This Bed

真夜中に電話のベルが鳴る。午前三時だ。その音は背筋を凍りつかせる。「ねえ、あなた出てよ！」と妻は叫ぶ。「まったくもう誰かしら？　あなた出てちょうだいよ！」

電気のスイッチが見つけられないまま、なんとか電話機のある隣の部屋に行って、四度めのコールが鳴り終えたところで受話器を取る。

「ねえ、バドそこにいる？」とその女は言う。大変酔っぱらっている。

「やれやれ、番号違いだ」と私は言って電話を切る。

電気をつけ、便所に行く。するとまた電話のベルが鳴りはじめる。

「あなた出てちょうだいよ！」と妻がベッドルームから叫ぶ。「いったい何だっていうのよ、ジャック？　こんなのもううんざりだわ」

急いで便所を出て、電話に出る。

「ねえ、バド？」と女が言う。「何してんのよ、バド？」

私は言う。「ねえ、いいかい、番号を間違えてるんだ。もう二度と電話かけてこないでくれ」

「バドに話があんのよ」と彼女は言う。

私は電話を切って、もう一度それが鳴りだすのを待つ。ベルが鳴ると受話器を取って、テーブルの電話機の隣に置く。でも女の声は聞こえる。「バドったら、ねえ、出てちょうだいよ」と女は言っている。テーブルの上に受話器を置きっぱなしにして、電気を消し、部屋のドアを閉める。

ベッドルームに戻ると、ランプがついて、妻のアイリスが上掛けの下で膝を立ててヘッドボードにもたれている。背中に枕をあてている。彼女はベッドの私の側に大幅にはみだしている。上掛けは両肩に巻きつけられ、毛布とシーツはベッドの足元の方から引っ張りあげられている。もしまたちゃんと眠りたいなら――私としては何はともあれちゃんと眠りたい――ベッド・メイクをいちからやりなおさなくてはならないだろう。

「いったい何の電話だったの？」とアイリスは訊く。「電話のプラグを抜いておくべきだった。忘れちゃったんだわ。たまに抜くのを忘れるとしっかりこういうことが起こるんだから、たまらない」

アイリスと一緒に住むようになってから、前の女房とかあるいは子供たちの一人とかが、寝ている時間によく嫌がらせの電話をかけてきた。私とアイリスとが結婚したあとでさえ、それは続いた。そんなわけで、寝る前に電話のプラグを抜くようになった。毎晩毎晩、我々は電話のプラグを抜いた。まあだいたい毎晩ということだけど。とにかくそれが習慣だった。なのに、その夜に限って抜き忘れたというわけだ。

「どっかの女がバドを出してくれってさ」と私は言う。私はパジャマ姿でそこにつったっている。ベッドにもぐりこみたいのだが、それもできない。「酔っぱらってるんだ。場所あけてくれよ、ハニー。受話器は外しておいたから」

「もうかかってこないようになってる？」

「大丈夫さ」と私は言う。「ちょっと向こうに寄って、上掛けをこっちにも少し回してくれよ」

彼女は枕を取ってそれをベッドの自分の側に置き、背もたれに押しつけ、そこに身を沈める。それからまた身を起こして背中をもたせかける。彼女は眠そうではない。もうすっかり目を覚ましてしまったのだ。私はベッドに入って上掛けを掛ける。でもどうも何か変な感じだ。シーツがなくなって、毛布がむきだしになっている。足元を見ると、私の足は布団の外に突き出している。私は彼女の方に横向きになる。そして脚を上の方に曲げて引き寄せる。それで両足は毛布の中に収まる。もう一度ベッド・メイクをやりなおすべきなのだ。そう口に出さなくてはなと思う。でもまたこうも思う。今この瞬間に明かりを消したら、そのまま眠っちゃえるかもしれないな、と。

「ねえ、ハニー、電気消したら？」と私はすごくすごく優しい声で言う。

「その前に煙草を一本吸わない？」と彼女は言う。「それから寝ましょうよ。煙草と灰皿を持ってきてくれない？　煙草一本吸いましょうよ」

「このまま寝ちゃわないか」と私は言う。「時間を見てみなよ」クロック・ラジオが枕もとにある。誰が見たって、それは三時半という時刻を示している。

「いいじゃない」とアイリスは言う。「こんなことのあとだもの、煙草の一本くらい吸いたくもなるわよ」

私はベッドを出て、煙草と灰皿を取りにいく。電話の置いてある部屋に行かなくてはならない。でも電話には手を触れない。電話なんて見たくもない。でももちろん見てしまう。受話器は机の上にごろんと横むけに転がったままだ。

もそもそとベッドに入り、キルトの掛け布団の上に灰皿を置く。私と彼女の間に。私は一本めの煙草に火をつけ、それを彼女に渡す。それから自分のに火をつける。

彼女は電話がかかってきたときに見ていた夢をなんとか思い出そうとする。「頭の中にまだ残っているのよ。でも正確に思い出せない。それはね――ああ、駄目だ、何についての夢だったのか全然思い出せない。全然はっきりしない。思い出せない」とあきらめたように言う。「本当に頭にくるわね、その女。何が『バド』よ」と彼女は言う。「ぶん殴ってやりたい」。煙草を消し、間を置かず次の煙草に火をつける。ふうっと煙を吐き出し、整理だんすと窓のカーテンに目を据えている。彼女の髪はとかれたまま肩のまわりに落ちている。灰皿に灰を落とし、ベッドの足元をじっと見る。そして記憶をたどっている。

でも正直なところ、彼女がどんな夢を見てようが知ったことじゃない。私としてはそんなもの放っておいてこのままぐっすりと眠ってしまいたいのだ。私は煙草を吸い終わると火を消して、彼女が吸い終わるのを待つ。私はじっと横になったまま何も言わない。

アイリスは前の女房と同じで、時々暴力的な夢を見る。眠りながらベッドの中ではたばたと激しく暴れまわり、朝目覚めたときは汗でぐっしょりで、寝間着が体にべっとりと張りついていたりする。そして、これも前の女房と同じなのだが、その夢の隅から隅までを事細かに話して聞かせたがる。これは何を意味し、何を予知するかというようなことをあれこれと考えるのだ。前の女房はよく夜中に布団を蹴ってはねのけ、うなされて悲鳴をあげたものだった。まるで誰かに体を押さえつけられているみたいに。一度なんか、そういう悪い夢を見ているときに、彼女は私の耳をげんこで殴りさえした。私はそのとき夢も見ずにすやすや寝ていた。でも暗闇の中で殴られたときは、彼女のおでこを殴りかえした。それから我々はどなり合いはじめた。とにかく声を限りにどなりあった。そしてお互いを傷つけあった。でも結局のところ、二人ともおびえていたのだ。明かりをつけるまで、いったい何が起こっているのかどちらも全然理解できていなかった。それからようやく我々は落ち着いた。あとになって、そのことで冗談を言い合ったものだった。夢の中での殴り合い。でもその頃から二人の間にいろんなことが次々に起こり始めた。それはもっとずっと深刻なことだったので、その夜のことを思い出すような余裕はもうなくなってしまった。冗談半分でさえそのときのことは二度と持ち出さなかった。

一度夜中に目を覚まして、アイリスの歯ぎしりするのを聞いたことがある。すぐ耳もとでそんなこと延々とやられていたら、おちおち寝られたものではない。ちょっと体を揺すると、彼女は歯ぎしりをやめた。翌朝、ゆうべはものすごく嫌な夢を見たと彼女は言った。でもそれ以上は何も言わなかった。こちらも細かいことはあえて訊かなかった。彼女がそれについて何も語ろうとしない夢なんてどうせおぞましい内容のものだろうし、そんなものわざわざ聞きたくなかったのだろうと思う。そういえば歯ぎしりしてたよと言うと、彼女は眉をひそめて、それは何か手を打つ必要があるわねえと言った。次の日の夜、彼女はナイトガードというものを買って来た。眠るときに歯にそれをつけるのだ。なんとかしなくちゃ、そのうち歯が擦り減ってなくなっちゃうものね、と彼女は言った。そんなわけで一週間かそこらその歯ぎしり防止装置をつけていたが、ほどなくやめてしまった。こんなものつけてると落ち着かないのよ、と彼女は言った。それに美容的見地からしても見られた代物ではなかった。そんなもの口に取りつけた女に誰がキスしたいと思うものですか、と彼女は言った。たしかにそれは一理あった。

またあるときには、彼女が私の顔を撫でながら「ねえアール」と呼んだせいで目を覚ました。私はその手を取り、指をぎゅっと握った。「どうした?」と私は言った。「ねえ、どうしたんだよ?」でも彼女は何も答えずに、私の指をただ握りかえし、溜め息をついた。それからまた静かに横になった。翌朝、私が昨日はどんな夢を見ていたのかと尋ねると、ゆうべは夢なんか見てないと彼女は言った。

「じゃあ、アールっていったい誰なんだよ?」と私は言った。「寝言で言っていたアールって、誰のことなんだよ?」彼女は赤くなって、生まれてこのかたアールなんていう名前の人は一人も知らないと言った。

明かりはまだついている。そして他に考えることもないので、私は受話器を外しっぱなしにした電話のことを考える。受話器を戻して、プラグを抜かなくちゃなあと思う。それから二人で眠るとしよう。

「電話をちゃんとしてくるよ」と私は言う。「それから寝よう」

アイリスは灰皿に灰を落とし、「今度はちゃんとプラグを抜いてきてよね」と言う。

またベッドを出て、隣の部屋に行く。ドアを開け、照明をつける。受話器はまだ机の上に転がっている。それを耳にあててみる。つーんという発信音が聞こえるだろうと思ったのだが、予想に反して何も聞こえなかった。音というものがまったく聞こえない。

私は思わず「もしもし」と言ってしまう。

「ああバド、あなたやっと出てくれたのね」と女が言う。

私は電話を切り、またそれが鳴り出す前に、かがみこんで壁から電話プラグを抜いてしまう。なんということだろう。まったくもってわけがわからない。この女とバドだかなんだか。この新しい局面についてアイリスにどう説明すればよいのか見当もつかない。そんなこと持ちだしたら、また話が長くなる。ああだこうだと理由づけが始まる。とりあえずは何も言わないでおこうと私は決心する。朝食のときにでも話せばいい。

寝室に戻ると、彼女はまた新しい煙草を吸っている。時刻は、やれやれ、もう四時に近い。だんだん心配になってくる。今が四時ということは、そろそろ五時になる。そのうちに六時、なんのかんのと六時半になる。あっというまに仕事に出かける時間だ。私は横になり、目を閉じ、ゆっくり六十数えようと心に決める。それで駄目なら明かりを消してくれないかと持ちだそう。

「だんだん思い出してきたわよ」とアイリスが言う。「記憶、戻ってきた。ねえジャック、話聞きたい？」

私は数を数えるのをやめる。目を開け、体を起こす。寝室は煙草の煙でもうもうとしている。私も一本吸うことにする。ええい、どうとでもなれ。

「夢の中でパーティーやってるの」と彼女は言う。

「その夢のパーティーの中で僕はどこにいたんだい？」どういうわけだかは知らないけれど、だいたいにおいて彼女の夢の中には私は登場しないのだ。そのことは私を苛立たせるが、でもそれを顔には出さないようにしている。私の足はまた布団の外にはみ出ている。脚を上に引き寄せて布団の中に入れ、肘をついて体を支える。そして灰皿に灰を落とす。「どうせまた僕が除け者になった夢なんだろう。でも構わないさ。好きにやってくれよ」私は煙草を吸って煙を肺に入れ、ふうっと吐き出す。

「ねえハニー、その夢の中にはあなたは出てこなかったの」とアイリスは言う。「悪いとは思うけれど、出てこないの。どこにも見当たらなかったの。でも、あなたがいなくて残念だったわ。本当よ。あなたがいてくれればなと思った。近くにいるってことは、なんとなく感じでわかるわけ。でも私があなたを必要としている場所にはあなたはいないの。私が時々そういうすごく不安な精神状態になるの知ってるでしょう？私たちが二人でどこかに行って、人がたくさんいて、離れ離れになって、あなたがどこにいるかわからなくなったようなときに。まあそんな風な感じなのよ。あなたはそこにいると思う。でも見つけられない」

「それはいいよ。それでどういう夢なの？」と私は言う。

彼女は腰と脚のまわりの布団の乱れをなおし、手を伸ばして煙草を取る。私はライターでそれに火をつけてやる。それから彼女はパーティーについて詳しく話す。そこではビールの他には何も出されていない。「私、ビールなんて好きでもないのに」と彼女は言う。でもとにかく彼女はとんでもない量のビールを飲んでいる。そして彼女がそろそろ引き上げようとしたとき――家に帰ろうとしたのよ私、と彼女は言う――小さな犬がスカートの裾をくわえて、彼女を帰すまいとした。

彼女は笑う。私もそれに合わせて笑う。笑いながら時計に目をやって、その針が四時半に近づいていることを確認する。

彼女の夢の中では音楽らしきものが演奏されている。ピアノか、あるいはアコーディオンか。はっきりとはわからない。夢なんてまあだいたいはそういうものでしょう、と彼女は言う。それから夢の中に前の夫が出てきていたことを彼女はぼんやりと思い出す。ビールを注ぐ係の男はあの人だったかもしれないな、と。人々はプラスティックのカップを使って小さい樽からビールを飲んでいる。私、あの人と一緒に踊ったような気もするわ、と彼女は言う。

「なんでわざわざそんなこと僕に言わなくちゃいけないんだよ？」

「だって、それって夢なのよ、ハニー」と彼女は言う。

「とにかくそういうのって、僕としちゃあ面白くないよな。隣でぐっすり寝てると思ってたら、変な犬やらパーティーやら前の亭主やらの出てくる夢を見てるんだもの。前の亭主となんか踊ってほしくはないね。冗談じゃないよ。君だって僕がキャロルと一晩踊りあかした夢を見たなんて話をしたらどうする？　心穏やかじゃないだろう」

「ねえ、いい、これはただの夢なの」と彼女は言う。「変なことで臍曲げたりしないでよね。私もうこれ以上しゃべらないわよ。そんな風に言われたら何も話せなくなっちゃう。話さなきゃよかったわね」彼女はゆっくりと指を上にあげて唇にあてる。考え事をするときによくやる動作だ。その表情は彼女が意識を集中して深く深く考えこんでいることを示している。額に小さな皺が何本か寄る。「あなたが夢の中に出てこなかったことは悪いと思うけど、だからといって嘘つくわけにはいかないでしょう？」

私は肯く。そしてべつにいいんだよ、何も気にしてないから、という風に彼女の腕にそっと手を触れる。実際に気になんかしちゃいない、たぶん。「それからどうなったんだい？ 最後まで話してくれ」と私は言う。「それから一眠りしようや」

本当につづきは聞きたいのだと思う。ジェリーの野郎と踊ったところで話は中断していた。もしそのつづきがあるのなら、こちらとしても一応聞いておく必要がある。

彼女は背中をもたせかけた枕をひょいと押し上げて言う。「それしか覚えてないのよ。あとは何も思い出せない。ちょうどそこであのろくでもない電話がかかってきたのよ」

「バドの電話」と私は言う。スタンドの灯の下を煙草の煙がすうっと流れていくのが見える。部屋の中には煙がもったりと垂れこめている。「窓を開けた方がいいみたいだな」と私は言う。

「たしかにそうだわね」と彼女は言う。「この煙、少し外に出さなくちゃ。これじゃ体にいいわけないものね」

「まったくさ。いいわけがない」と私は言う。

再びベッドを出て窓際に行き、二、三インチ窓を上に押し上げる。ひやっとした外気が部屋に入りこんでくる。坂を登ろうとするトラックがギアをシフトダウンする音が遠くに聞こえる。坂の先には峠があって、それを越えると隣の州に入る。

「そのうちに私たち、アメリカに残された最後の喫煙者ってことになりかねないわよ」と彼女は言う。「真面目な話、禁煙のことを少し真剣に考えなくっちゃね」彼女はそう言って煙草の火を消し、灰皿の隣に置いた煙草の箱に手を伸ばす。

「煙草喫みは今や袋だたきだもんなあ」と私は言う。

ベッドに戻る。布団は今やもう手のつけようがないほどくしゃくしゃになっている。時刻は朝の五時だ。このぶんでは今夜はもう眠れそうにない。でも、だからどうだっていうんだ？　夜は睡眠するべしという法律でもあるのか？　あるいは眠らないと人の身に何かよくないことがふりかかるとでもいうのか？

彼女は指の間に髪をひと房はさんで、それを耳の後ろにまわし、こう言う。「最近、おでこの中で血管の動くのが感じられるのよ。時々脈打つの。どきどきするの。私の言ってる感じわかる？　あなたはそういうのを感じたことあるかしら？　私いつかたぶん卒中みたいなので倒れることになるような気がする。そんなこと考えたくもないんだけど、つい考えちゃうの。そういうのって、卒中の徴候なのよね。頭の中の血管が破裂するの。おそらくゆくゆくはそうなるわよ。母も、祖母も、伯母の一人も卒中で死んだの。卒中の家系っていうか、そういう血が流れている。遺伝性のものなのよ、これは。心臓病とか、肥満症とか、そういうのと同じで。まあ何はともあれね」と彼女は言う。「いずれ私も何かにやられちゃうわけでしょ？　私の場合、それは卒中なんじゃないかしら。行く末は見えてるようなものね。それで、その初期段階がもう始まってるんじゃないかっていう気がする。最初はちょっと脈を打つだけ。私の注意を引こうとするみたいに。それから動悸が激しくなる。どきどきしてくるの。そういうのがものすごく怖いんだ、私」と彼女は言う。「煙草なんてロクでもないものとは手遅れにならないうちに手を切らなくちゃね、私たち」彼女は火のついている煙草を眺め、それをごしごしと灰皿に押し付けて消し、煙を手で払いのけようとする。

　私は仰向けになったまま、じっと天井を睨んでいる。こういう話って、朝の五時にしか話せないよな、と思いながら。何か言った方がいいだろうな、と私は思う。「僕もすぐに息が切れるんだよ」と私は言う。「電話に出ようとあそこまで走っただけでぜいぜい言う有り様さ」

「それはびっくりしたんでどきどきしたのかもしれないわよ」とアイリスは言う。「だいたいね、こんな真夜中になんで電話なんかかけてこなくちゃならないのよ？ そんな女、両脚つかんでびりびりとふたつに引き裂いてやりたい」

私は身を起こしてヘッドボードにもたれかかる。そして背中に枕をあてて、姿勢を楽にする。「アイリスがやっているのと同じように。「これまでずっと黙ってたけどさ」と私は言う。「時々心臓の動悸がすごく激しくなることがあるんだ。手のつけようがないくらいに」彼女は私の顔をじっと見つめながら次の言葉を待っている。「そいつが僕の胸から飛び出してくるんじゃないかって思うこともあるくらいなんだ。なんでそうなるのか、理由はよくわからないんだけど」

「どうして今まで黙っていたのよ？」と彼女は言う。そして私の手を取ってぎゅっと強く握りしめる。「あなたそんなこと一度も言わなかったじゃない。あなたの身にもし何かあったら、私はいったいどうすればいいのよ。私、もうどうしようもなくなっちゃうわよ、そんなことになったら。それはどれくらいの周期で起こるの？ それって、すごく怖いことなのよ」彼女は私の手をじっと握りしめている。でもやがてその指は手首の方にそっと伸ばされる。脈のあるあたりに。彼女はそういう格好で、私の手首を握りつづける。

「君を怖がらせたくないんで黙っていたんだよ」と私は言う。「でも時々そういうことがある。最近では一週間前にあった。何か特別なことをやっていてそうなるっていうんじゃないんだ。そうなるのは椅子に座って新聞を読んでいるときかもしれない。車を運転しているときかもしれないし、あるいはスーパーのカートを押しているときかもしれない。激しく体を動かすからそうなるっていうんでもないんだ。突然始まるんだよ。どっきん、どっきん、どっきんっていう具合にさ。まわりにいる人にその音が聞こえないのが不思議なくらいだよ。それくらい大きな音を立ててるみたいに思えるんだ。とにかく僕の耳にはその音が聞こえる。はっきりいって自分でも怖いよ」と私は言う。「だから僕がもし気腫やら肺ガンやらを免れたとしても、そしてまたあるいは君の話していた卒中を免れたとしても、いつか心臓発作にとっつかまることになりそうだね」

私は煙草の箱に手を伸ばす。彼女に一本渡す。今夜の眠りはもうお終いだ。だいたい我々は眠ったんだろうか――しばらくの間それが思い出せない。

「自分が何で死ぬかなんて、そんなことわかりっこないわよ」とアイリスは言う。「人は実にいろんな理由で死ぬのよ。長生きしたら腎臓病だかなんだかで死ぬの。私の仕事場の友達のお父さんがつい最近、腎臓病で死んだわ。何もかも上手くいって、幸運にも長生きできて、あげくの果てがそれよ。腎臓がやられるとね、体に尿酸がたまってくるのよ。そして死ぬころには皮膚の色がもうすっかり変色しちゃってる」

「素晴らしい。実に素敵だ」と私は言う。「なあ、もうこういう話題はよそう。だいたいなんで僕らこんな暗い話をしてるんだ」

彼女は返事をしない。枕から体を離して前屈みになり、両腕で脚をぎゅっと抱きかかえる。目を閉じて、膝に頭を載せる。それからゆっくりと体を前後に揺すりはじめる。まるで音楽を聞いているみたいに。でも音楽は鳴ってはいない。少なくとも私の耳には聞こえない。

「私の望み、わかる？」と彼女は言う。体の動きを止めて、目を開く。そして頭をちょっとこっちに傾ける。それからにっこりと笑う。それで、彼女の機嫌が悪くないことがわかる。

「何が望みなんだい、ハニー？」私は彼女の足首に足を絡める。

彼女は言う。「私の望みはね、コーヒーなの。強くて美味しいブラック・コーヒーを一杯飲めるといいなあって思うの。もう目も覚めちゃったでしょう？　これじゃもう眠れないわよ。コーヒーでも飲みましょうよ」

「僕らはいささかコーヒーを飲みすぎるんじゃないかな」と私は言う。「コーヒーだってこんなに飲んじゃ体にいいわけないぜ。一滴も飲むなとか、そういう風に言ってるんじゃない。ちょっと飲みすぎじゃないかって言ってるだけだよ。感想だよ、ただの」とつけ加える。「実を言うと、僕だってコーヒーは飲みたい」

「いいわね」と彼女は言う。

でもどちらも動こうとはしない。

彼女は髪を振り、新しい煙草に火をつける。煙がゆっくりと部屋の中を漂う。その一部は開かれた窓の方に向かって流れていく。窓の外の中庭に細かい雨が降り始めている。目覚まし時計が鳴り出したので、私はそれを止める。それから枕を手にとって頭の下に再びあてる。横になって、また天井をじっと睨む。「ところで、僕らのベッドまでコーヒーを運んでくれる娘は何処にいっちまったんだろうね？」と私は言う。

「そういう人がいてくれるといいわよねえ」と彼女は言う。「男の子だろうが女の子だろうが、なんだってかまやしないわ。ああ、いますぐコーヒーが飲みたい」

彼女は灰皿をナイト・テーブルの方に移す。それで私は、彼女は起きようとしているんだなと思う。誰かが起きてコーヒーのお湯を沸かし、缶入りの冷凍ジュースをブレンダーに入れなくてはならないのだ。我々のどちらかが行動を起こさねばならないのだ。でも彼女は起きあがるかわりに、ずるずると体をずらせてベッドのまんなかあたりに移動し、そこに座る。布団はもう救いようのない状態になっている。彼女はキルトの上にあった何かをつまみあげ、そのなんだかにごしごしと手のひらをこすりつけ、それから顔を上げる。「ねえ、あの記事読んだ？　男がショットガン持って集中治療室に入って、その人のお父さんに付けられた生命維持装置を看護婦に外させたっていう話。その記事、読まなかった？」とアイリスは言う。

「それはテレビのニュースでちょっと見たな」と私は言う。「でもそのときは六人だか八人だかの患者に付けられた装置のプラグを外した看護婦のことがメインのニュースだったんだ。看護婦がいったい何本のプラグを外したか、まだ正確にはわかっていないんだ。彼女はまず自分の母親のぶんを外したんだけれど、それだけじゃなくて、他の人の分もどんどん外していったんだ。おすそわけみたいに。みんなのためを思ってやったんだとその女は言っていた。もし自分がそういう立場に置かれたら、そして本当に誰か自分のためを思ってくれる人がいるなら、自分もやはり装置を外してもらいたいと思うだろうって」

アイリスはベッドの足元の方に向かう。そしてそこに位置を定めて、私と向かいあう。彼女の脚はまだ布団の中にある。彼女はその脚を私の両脚の間にもぐりこませ、こう言う。「あのニュースで見た四肢麻痺の女の人。ほら、死にたがってた人よ。餓死自殺しようとした女の人。彼女、今医者と病院を告訴してるのよ。強制的に食事を与えて自分を生かしつづけたという理由で。そんなの信じられる？　まともじゃないわ。彼らは一日三回、彼女をベッドに縛りつけて、喉の奥にチューブで食料を流し込んだ。そういう風にして朝食と昼食と夕食をむりに食べさせたの。そしてその生命維持装置にもつないだの。彼女の肺は自律的には機能しなかったから。新聞にはこう書いてあったわ、彼女はそのプラグを抜くか、あるいはただ単純に自分が餓死するのを邪魔せずに放っておいてほしいと切に訴えかけている、、、って。みんなに向かって自分を死なせてくれって声をからして説得してるんだけど、誰も聞いてあげないの。自分はそれなりの威厳を持って死にたいと思えばこそ覚悟の死にのぞんだんだって彼女は言う。でも今では彼女は頭がおかしくなって誰も彼もを片っぱしから告訴しようとしているだけ。すさまじい話だと思わない？　本になりそうな話でしょう？」と彼女は言う。「私、時々頭痛がするのよ」と彼女は言う。「それは血管と関係があるのかもしれない。あるいはそうじゃないのかもしれない。関係はないことなのかもしれない。でも頭が痛くなっても、あなたにそのことは言いたくないの。あなたを心配させたくないから」

「おい、馬鹿なことを言うんじゃないよ」と私は言う。「いいかい、アイリス、僕には知る権利ってものがあるんだぜ。忘れてもらっちゃ困るね。僕は君の夫なんだ。もし君の具合が悪くなったとしたら、僕はそれを知らなくちゃならない」

「でもそれであなたに何ができるのよ？　あなたはただ心配するだけじゃない」彼女は足で私の脚をどんと蹴る。そしてまたもう一度蹴る。「そうでしょう？　アスピリンでも飲みなよって言ってそれでお終いじゃない。あなたのことなんかちゃんとわかるんだから」

　窓の方に目をやる。外はもう明るくなりかけている。湿った微風が窓から入ってくるのが感じられる。もう雨はあがっているが、いつざっと降りだしてもおかしくない空もようだ。私はまた彼女を見る。「いや実を言うとね、アイリス、僕は時々脇腹がきりきりと痛むことがあるんだ」と言う。でもそう口に出した瞬間、こりゃまずかったなと思う。そんなこと持ち出したら、彼女が心配してますます話が長くなるだけじゃないか。我々はシャワーを浴びなくてはならない。朝食だって食べなくちゃならない。

「どっち側よ?」と彼女が訊く。

「右側」

「それ、盲腸じゃないかしらね」と彼女は言う。「そういう、わりに単純なことよ」

私は肩をすくめる。「どうだろうね、よくわからないな。僕にわかってるのは、自分の脇腹が痛むっていうそれだけさ。一分か二分くらい痛みつづけるんだ、きりきりって。よくそれがある。すごくきつい痛みなんだ。最初のうちは脇腹の肉がつったんじゃないかって思ってた。ところで胆嚢ってどっち側だっけ? 右かな、左かな? 胆嚢のせいかもしれない。それとも胆石かもしれない。よくわからんけど」

「胆石って本当は石じゃないのよ」と彼女は言う。「胆石というのは細かい顆粒みたいなものなのよ。大きさは鉛筆の芯の先っぽくらいなの。あ、いや、ちょっと待って、それは腎結石の話だっけな。ああ、わかんなくなってきた」彼女は頭を振る。

「胆石と腎結石の違いがいったい何だって言うんだ?」と私は言う。「だいたい腎臓やら胆嚢やらが体のどっち側にあるかさえ、僕らはろくに知らないじゃないか。君も知らない、僕も知らない。僕らの持ってる知識なんてその程度のものなんだ。ほとんどゼロだ。でも待てよ、腎結石は大丈夫だってどこかに書いてあったなあ。記憶に間違いがなければ、それは通常は命取りにはならないんだそうだ。痛みはあるんだけどね。胆石については読んでないからわからない」

「その『通常は』っていう言葉好きよ、私」と彼女は言う。

「まあな」と私は言う。「でもそろそろ起きた方がいいんじゃないか。こんなことしてたら遅刻しちゃう。もう七時だもの」

「うんうん、わかってる」と彼女は言う。でも腰はあげない。そしてこう言う。「うちのお祖母さんは関節炎がひどくなって最後の頃には立って動くこともできなくなっちゃったの。指を動かすこともできなくなったのよ。指に手袋はめて一日椅子に座ったきり。最後にはココアのカップを持つことさえできなかったわ。関節炎がそれくらい悪化したの。そのうえ卒中になっちゃった。次にお祖父さんだけど」と彼女は言う。「お祖母さんが死んでまもなくお祖父さんは老人ホームに入ったの。お祖父さんの方も誰かがそばにずっと付き添っていなくちゃならないっていう容体だったの。でも誰もそんな時間の余裕なかったし、かといって二十四時間の付添いを頼む金銭的余裕だってないし、それで老人ホームに入ったの。でもお祖父さんはそのあとどんどん悪くなっていった。そこに入ってからしばらくして、母が面会に行ったの。母は家に帰ってきてこう言ったわ。その言葉は私の耳に焼きついて消えない」きっとあなたの耳にもそれはこの先ずっと焼きつくわよというような目で彼女は私を見る。そして実にそのとおりになる。「母はこう言ったの。『お父さんはもう私のことがわからないのよ。私の顔さえ覚えてないの。お父さんは植物人間になっちゃった』そう言ったのよ、お母さんが」

彼女は身を屈め、両手で顔を覆っておいおいと泣き始める。私はベッドの足元の方に行って、隣に座る。その手を取って膝の上に置く。腕を彼女の体に回す。我々はヘッドボードとナイト・テーブルを眺めながらじっとそこに二人で座っている。そこには時計もある。時計の脇には雑誌が何冊かとペーパーバックが一冊置いてある。眠るときに足を置いているあたりに我々は座っているわけだ。ここから見ると、誰かは知らないが、このベッドに寝ていた人が急いでどこかに行ってしまったあとみたいに見える。これから先このベッドを見るたびにこのときの感じを思い出すだろうな、と私はふと思う。我々が今ある大事な問題に足をつっこんでいることが私にはわかる。でもそれがいったいどういう類いのことなのかはわからない。

「私、そういう目にあいたくない」と彼女は言う。「あなたの身にもそういうことが起こってほしくない」彼女は毛布の角で顔の涙を拭き、深く息を吸い込む。その息はすすり泣きとなって体の外に出てくる。「ごめんなさい。でも私にもどうしようもないのよ」と彼女は言う。

「きっとそんなことにはならないよ」と僕は言う。「くよくよと気に病んでもしょうがないじゃないか。僕も君も今のところどこも悪くない。これから先だってきっと元気にやっていけるよ。いずれにせよ、そんなことはまだまだ先の話だ。なあ、君のこと愛してるよ。君だって僕のことを愛してるだろう？　大事なのはそれなんだよ。そこさえちゃんとしてれば何も案ずることなんてないさ、ハニー」

「私、あなたにひとつ約束してほしいの」と彼女は言う。彼女は手をすっと引っ込める。肩に置かれた私の腕をどかせる。「約束して。もしそうすることが必要になったら、私に付けられた生命維持装置のプラグをちゃんと抜いてくれるって。もしそういうことになったらってこと。私の言ってること、ちゃんと聞いてる？　これすごく真剣に言ってるのよ、ジャック。もしそういう状況になったら、私のプラグをちゃんと抜いてほしいの。そう約束してくれる？」

　私はとりあえず何も言わない。いったいなんて言えばいいのだろう？　そういうときにどう言えばいいかなんてことはどこの本にも書いてない。考えをまとめるための時間が必要だ。いいよわかった、君の言うとおりにしよう、と言うのは簡単だ。とりあえずそう言っておけば話は済む。言うだけなら簡単である。でも問題はそんなに簡単じゃない。彼女が求めているのは正直な回答なのである。そしてその問題についての私の気持ちはまだまとまっていない。慌ててはいけない。なんと答えるにせよ、自分の発言の意味をしっかり把握しておかなくてはならない。それがどういう結果をもたらすか、それが彼女をどういう気持ちにさせるかについても。

それについてまだ結論を出せずにいるうちに彼女はこう言う。「あなたの方はどうなのよ？」

「僕の何がどうなんだよ？」

「あなたはもし自分がそういう立場に置かれたらプラグを抜いてほしいと思う？　そんなこと仮定するだけで縁起でもないことはわかっているけど」と彼女は言う。「でも一応知っておきたいのよ。きちんと今ここであなたの口から聞いておきたいのよ。もしどうしようもなくなったときに私にどうしてほしいかということを」彼女はまじまじと私の顔を見つめ、答えを待っている。彼女はいざというときのための言質《げんち》のようなものを求めているのだ。オーケー、いいとも。簡単なことだ。「いいよ、君がそうするのがいちばんいいと思うならプラグを抜いてくれればいい」と言えばいいのだ。でもその問題についてはもうすこしじっくりと考えてみたい。だいたい彼女のプラグを抜くか抜かないかという問いにさえ、私はまだ答えてはいないのだ。それなのにもう逆の立場のことまで考えなくてはならない。そんな問題にどうして首をつっこまなくちゃならないんだ？　阿呆らしい。二人で阿呆らしいことをしゃべっている。でも今何か口にすると、あとになってそれが自分の身にはねかえってくるかもしれないんだぞと私は思う。こいつは大事なことだ。我々は人の生死にかかわる話をしているのだ。

彼女は身動きひとつしない。じっと私の回答を待ちつづけている。そして私にはわかっている。きちんと答えないかぎり、二人ともこのままずっとここでこうしているだろうということが。私はもうひとしきり考えてみる。そして思ったとおりを言う。

「いや、僕のプラグは抜かないでくれ。僕はプラグを抜いてほしくない。可能な限りその機械に繋いでおいてくれ。それで誰が迷惑する？　君は迷惑かい？　僕はそうすることで誰かを傷つけているかい？　みんなが僕の姿に耐えられなくなるまで、みんなが大声でわめきだすまで、僕のプラグは一本たりとも抜かないでくれ。そのままゆっくり生かしておいてくれ。わかった？　最後の最後までだよ。僕の友達連中を別れの挨拶に招待してくれ。急いではやまったことをしないでくれよな」

「ねえ、真面目に答えてよ」と彼女は言う。「これはすごく大事な話なのよ」

「真面目だよ、僕は。プラグは抜かないで。それに尽きる」

彼女は肯く。「オーケー、わかったわ。抜かない。約束する」彼女は私を抱きしめる。そのまましばらく固く抱きしめている。それから腕をほどく。クロック・ラジオを見てこう言う。「大変、もう行かなくちゃ」

我々はベッドを出て服を着始める。いろんなことを手早く済ませることを除けば、手順はいつもの朝とおおむね同じだ。コーヒーとジュースを飲み、イングリッシュ・マフィンを食べる。天気の話をする。空は曇って、荒れ模様だ。プラグのことやら病気のことやら病院やらについてはもう話さない。私は彼女にキスし、傘をさしたままの彼女をフロント・ポーチに置いて出ていく。彼女はそこで仕事場まで乗せていってくれる車を待つ。私は自分の車の方に急ぎ、乗り込む。エンジンをかけ、やや間を置いてから、手を振って出発する。

でも一日、仕事をしながら、その朝話したことについて私はあれこれと考える。ついつい考え込んでしまう。寝不足のせいでふらふらしているし、自分が無防備で、まとまりがなく、ロクでもない考えに取りつかれやすくなっているように感じられる。まわりに誰もいなくなったとき、少しうたた寝でもできないものかと机につっぷしてみる。でも目を閉じると、ついそのことについて考えてしまうのだ。頭に病院のベッドが浮かぶ。それだけだ――ただ病院のベッド。ベッドは部屋の中に置かれているみたいだ。それからベッドの上に酸素テントが見える。ベッドの横にはスクリーンやら大きなモニターやらが見える。よく映画に出てくるやつだ。私は目を開けて椅子の上で身を起こし、煙草に火をつける。煙草を吸いながらコーヒーを飲む。それから時計を見て、また仕事に戻る。

　五時にはもうへとへとになってしまっている。車に乗って家に帰るのがやっとだ。雨が降っていて、注意して運転しなくてはならない。すごく注意深く。事故も目にする。信号のところでどこかの車が別の車の後尾にぶっつけている。でも怪我人は出ていないようだ。車は路上に放置され、そのまわりには人々が立って、雨に濡れながら話をしている。でもまだ通行どめにはなっておらず、車はのろのろとではあるが進んでいる。警察の非常灯が並べてある。

　妻に会うと、私は言う。「やれやれ、ひどい一日だったよ。くたくただ。君はどう？」我々はキスを交わす。私はコートを脱いで、それをかける。アイリスの持ってきてくれた飲み物を受け取る。それから、ずっと心にかかっていたことを口にする。とにかくかたをつけてしまうのだ。「オーケー、君が答えを聞きたいというのなら答えよう。僕は君のプラグを抜いてやるよ。もしそれが君の望みなら、望みどおりにしてやるよ。もし今ここで僕がそう言うことで君が幸せになれるのなら、僕は約束する。ちゃんとそうしてあげる。プラグは抜いてやる。あるいは医者に言って抜いてもらう。もし僕がそうすることが必要だと思ったとしたらね。でも僕が自分のプラグについて言ったことは変わらないよ。さあ、このことについてはもうこれ以上考えたくない。話すのも嫌だ。このことについて話すべきことはありったけ全部話したと思う。あらゆる側面について詳細に語りあった。もうくたくただ」

アイリスはにやっと笑う。「オーケー」と彼女は言う。「これで少なくとも私にはわかった。前はわからなかったけど今はよくわかった。私、頭がちょっとおかしいかもしれない。でも実を言えば、私これで気が楽になったのよ。私ももうこのことについては考えたくない。でもあなたとこの話ができてよかった。もうこんな話は持ち出さない。約束するわ」

彼女は私のグラスを取って、それをテーブルの上に置く。電話の隣に。彼女は私の体に腕を回して抱き、肩に頭を載せる。でも何かがそこにはある。彼女に対して言ったこと、その日一日鬱々と考えていたこと。そう、自分が目に見えない一線を跨いでしまったみたいに感じるのだ。自分がそんなところに来ることなんてあるものかと思っていた場所に来たみたいに感じるのだ。どうしてこんなところに来てしまったのか、わけがわからない。ここは奇妙な場所だ。ここでは害のない夢と眠たげな早朝の会話が、死と消滅についての考察に私をひきずりこんでいく。

電話のベルが鳴る。我々は抱擁を解く。私は受話器を取る。「もしもし」と言う。

「もしもし、こんにちは」と女が言う。

夜中に電話してきたのと同じ女だ。でも今は酔っぱらってはいない。少なくとも声からすると酔っぱらっているようには思えない。女は静かに、礼儀正しく、バド・ロバーツを出していただけませんかと言う。女は詫びる。御迷惑をかけてすみません。でも急ぎの用事なんです。御迷惑をおかけして本当に心苦しいんですがと言う。

女がしゃべっている間、私は手探りで煙草を取り出す。そして口にくわえて、ライターで火をつける。さあこっちがしゃべる番だ。私はこう言う。「バド・ロバーツはここに住んでない。ここにはいないし、この先ここに来ることもない。あなたの話している男に僕が会うようなことは断じて断じてないと思う。だからもうここに電話してこないで。もう電話してくるな。いい、いい、いい、わかった？　今度かけてきたら、首を捻じり取ってやるからな」

「あつかましい女」とアイリスは言う。

私の手は震えている。私の声は変になってしまったみたいだ。でも私がその女に因果をふくめているとき、こちらの言い分を相手に理解させようとつとめているとき、妻は素早く動いて床に屈みこむ。それでお終い。電話のラインは切れて、もう何も聞こえない。

親密さ

Intimacy

仕事で西部に旅行することになり、別れた妻が住んでいるその小さな町に立ち寄ってみることにする。我々はもう四年会っていない。でも私の書いたものが活字になったり、あるいは私の紹介記事やらインタヴューやらが雑誌や新聞に出たりすると、いつも彼女のところに送っていた。なんのためにそんなことをしたのか自分でもよくわからない。彼女がそういうものに興味を持つかもしれないと思ったことはたしかだけれど。でもいずれにせよ、返事らしきものはいっさいなかった。

時刻は朝の九時で、前もって電話もしなかった。だからいったいどうなるものやら見当もつかない。

でも彼女は私を家に入れてくれる。とくべつ驚いた様子もない。我々は握手もしない。ましてやキスなんてしない。私は居間に案内される。私が腰を下ろすと、彼女は素速くコーヒーを出してくれる。それから胸のうちを私に向かって並べ立てる。彼女は言う、あなたのおかげで私がどれほど苦しめられ、剥き出しにされ、そしておとしめられたことか。

なんだか我が家に戻ったような気分だ。

彼女は言う、最初のうちからあなたはこそこそと浮気を始めた。いつだって平気で私のことを裏切っていた。いや、違うわね、そうじゃない、と彼女は言う。少なくとも最初のうちはそうじゃなかった。あの頃のあなたは違う人だった。でもきっと私も違う人間だったのね。何もかもが違っていたんだわ、と彼女は言う。あなたが三十五になった頃からよ、それとも三十六か、細かいことは忘れたけど、とにかくそのあたり、三十代半ばの頃からあなたは浮気を始めた。本格的にやりだしたのよ。私を踏みにじったのよ。まあ盛大にやってたわよね。さぞや自分が誇らしいことでしょうね。

彼女は言う、時々私は大声で叫びだしたくなるのよ。

彼女は言う、過去の話をするのはいいけれど、苦しい時代、悪い時代のことは忘れてくれないかしら。楽しい時代のことだっていくらかは思い出してくれてもいいんじゃない、と彼女は言う。楽しい時代だってあったでしょうよ？　あんなことばかり書いてほしくないのよ。あの手のろくでもない話はもううんざり。思い出したくもない。あなたのお得意のお話はね、と彼女は言う。起こったことは起こってしまったことだし、みんな昔話じゃない。それはもちろん悲劇だったわ。いや、悲劇なんて生やさしいものじゃなかったわ。でもなんでそういうことをいつまでも蒸し返し続けなくちゃならないのよ？　そういう古傷を際限なくほじくりかえすことに、あなたは疲れないの？

彼女は言う、過去のつらいことをあばきたてるのはもうやめてちょうだい。他に小説の材料をみつけることはできないの。

彼女は言う、私に言わせてもらえればね、あなたは病んでいる。頭がいかれちゃってるわよ。世間があなたについて言ってることを、自分ではまさか信じてなんかいないわよね。世間の言うことなんてこれっぽっちも信じちゃだめよ、と彼女は言う。ねえ、世間に対して言いたいことはこっちにだっていささかあるのよ。もし話を聞きたい人がいたら、私と話させてちょうだい。

彼女は言う、あなたちゃんと聞いてるの？

聞いてるよ、と私は言う。全身耳にしてる。

彼女は言う、そういう下らないこと言うのはよしてちょうだい。だいたいね、あなたに今日ここに来てくれって、誰も頼んだわけじゃないでしょう。少なくとも私は頼んでないわよ。突然現れて、のそのそ家の中に入ってきたんじゃない。あなた、私にいったい何を求めているの。血が欲しいの？　私の血がもっと欲しいの？　これまでにもう十分持っていったと思うんだけどね。

彼女は言う、私のことを死んだ人間だと思ってちょうだい。私は静かに休みたいのよ、今は。私はもうこれ以上、誰にもかまわれたくないし、すっかり忘れられてしまいたいの。それだけが私の望みなの。ねえ私は今四十五歳なのよ。もうすぐ五十五、それから六十五。放っておいて。

彼女は言う、一度黒板を全部綺麗に消して、そのあとに何が残るかを見てみなさいよ。まっさらなところから始めてみたら。それでどこまで自分がやれるかひとつ見届けてみたら？

彼女はそう言って思わず笑ってしまう。私も笑う。でもひきつった笑いだ。

彼女は言う、ひとついいこと教えてあげましょうか？　私にだって一度チャンスはあったのよ。でも私はそれをやり過ごした。黙ってやり過ごした。そのことはあなたにはこれまで一度も言わなかったわよね。ねえ、私のことをちゃんと見なさいよ。見てよ！　どうせならちゃんと見たらどうなのよ。あなたは私のことを捨てて放り出したのよ、このひとでなし。

彼女は言う、私だって昔はもっと若くて、ましな人間だった。あなただってそうよ、と彼女は言う。たぶんもう少しましな人間だったはずよ、あなただって。昔は今よりまともだった。そうでなきゃ一緒になんかなるもんですか。

彼女は言う、私も以前は心からあなたを愛していた。自分がほどけてしまいそうなくらい愛していた。本当よ。この広い世界で何より誰よりあなたを愛していた。考えてもみてよ。今になってみればお笑い種ね。あなたには想像できる？　そんな時代があったなんて急には信じられないけど、その昔は私たちも本当に親密だったのよ。今思えば、それがいちばん不思議なことよね。誰かと自分とがかつてそれほどまで親密だったという記憶を持っているってことが。なんだか吐き気がしてくるくらい私たちは親密だったのよ。あなた以外の誰かとそんなに親密である自分を私は想像できない。じっさい他の誰かとそんなに親密になったことなんてないしね。

彼女は言う、率直に言いますけどね、そしてこれは掛け値なしの本気だけど、私はこの先もういっさい引っ張りこまれたくないのよ。だいたいあなた、自分のことを何様だと思っているのよ？　神様か何かだと思ってるわけ？　いいえ、あなたなんか神様の靴を舐めるにも価しない人間よ。それどころか誰の靴だって舐める資格なんかないわよ。あなたは間違った人たちとつきあってきたのよ。でも私にはわからない。私にはもう、自分がいったい何をわかっているのかさえわからない。私にわかるのは、あなたがこれまで並べたててきたものがどうにも好きになれないっていうことくらいよ。それだけはたしかね。何のこと言ってるかはわかるわね。どうなの？　私間違ってる？

間違ってない、と私は言う。見事にそのとおりだ。

彼女は言う、何を言われても逆らわないでおこうというつもりね。ずいぶんあっさり認めるじゃない。昔からそうだったわね。あなたには一貫した筋ってものがないのよ。まるっきりない。面倒を避けるためなら何だって口にする。まあいまさらそんなこと言っても始まらないけどね。

彼女は言う、私が包丁を持ってあなたに向かっていったときのことを覚えてる？　彼女はそれを、別にたいしたことじゃないけどちょっとした話のついでといった感じで口にする。

ぼんやりと覚えてる、と私は言う。そういうことをされるだけの何かがあったんだろうな、でも何があったのか思い出せないよ。その話を聞きたいな。あれはどういうことだったんだっけ？

彼女は言う、なるほどね、そういうことか。あなたがここに来た理由がだんだんわかってきたわよ。そうか。もし仮にあなたが自分でわかってないとしても、私にはその理由はわかるわよ。でもあなたはお利口さんだから、それくらいちゃんと承知の上だわよねえ。あなたは遠出の釣りに来たのよ。話のネタを仕入れに来たのよ。そういうところでしょう？　図星じゃない？

その包丁のことを話してくれよ。

彼女は言う、じゃあひとつ教えてあげますけどね、私は後悔しているのよ。そのときあなたを刺してやらなかったことをね。本当によ。真実後悔しているのよ。私はそれについて何度も何度も考えたわ。そしてその包丁を使わなかったことを悔やんでいるのよ。せっかくチャンスがあったのに、私はためらってしまった。私はためらい、そして敗れた。誰かがそんなことを言ってなかったっけ。でも私は思い切ってやるべきだったんだ。何がどうなろうがそんなの知ったことじゃなかったんだ。少なくとも腕くらいには切りつけてやればよかったんだ。それくらいはやるべきだったわ。

でもそうしなかった、と私は言う。本気で切りかかってくるだろうと思ってた。でもやらなかった。それで包丁を取り上げた。

彼女は言う、あなたっていう人はいつも運がいいのよ。あなたは私から包丁を取り上げて、それから私のことをぶった。だけどやっぱり、その包丁をほんの少しも使わなかったことを、私は後悔しているのよ。そのときちょっとでもいいから切ったり刺したりしていたら、私のことを思い出すよすがにもなったのにね。

思い出すよすがならいっぱいあるよ、と私は言う。言ってしまってから、そんなこと言わなきゃよかったと思う。

まさにそのとおり、と彼女は言う。だいたいそのことが今の私たちの議論の中心になっているのよ、念のために言わせていただければね。そもそもそれが問題になっているのよ。でも私は思うんだけど、さっきも言ったように、あなたは間違ったことばっかり覚えてるのよ。ろくでもないこと、みっともないこと、そればっかり。だから私が包丁の話を持ち出したら乗ってきたのよ。

彼女は言う、だいたいあなた後悔の念なんて持つことはあるの？　後悔なんてものが最近世間でどれほど価値を持っているのか私は知りませんけどね。まあきっとそんなにもてはやされてはいないでしょう。でもあなたは後悔ってことに関しては今じゃいっぱしの専門家であるべきじゃない。

後悔の念、と私は言う。そいつにはあまり興味がないんだ、正直なところ。後悔という言葉を使うことはまずないな。たぶん僕は後悔の念というのをほとんど持ってないと思う。物事の暗い側面を見がちなことは認めるよ。まあ少なくとも時々はということだけどね。でも後悔の念ねえ、そいつは持ちあわせていないようだ。

彼女は言う、あなたは正真正銘のろくでなしだわよ。それは知ってた？　あなたたなんて情のかけらもない冷酷漢よ。誰かにそう言われたことはない？

君に言われた、と私は言う。

彼女は言う、私はいつだって真実を口にするのよ。たとえそれが人を傷つけるとしてもね。私が嘘をつくなんて誰にも言わせない。

彼女は言う、私はずっと前に目が覚めたのよ。でもそのときはもう手遅れだった。私にもチャンスはあった。でも私はそれを指のあいだからみすみすこぼしてしまった。しばらくのあいだ、あなたがいつか戻ってくるだろうとまで思っていたのよ。なんでそんなことを思ったのかしら。頭がきっとどうかしていたのね。今だって私は身も張り裂けんばかりに泣くこともできるのよ。でもそんなことをしてわざわざあなたを満足させてなんかやるもんですか。

彼女は言う、私が何を考えているか教えてあげましょうか。あなたがこの場で燃えてしまえばいいのにと思っているのよ。今この瞬間にぼっと燃え上がってしまえばいいとね。そうなっても水の一杯もかけてやるもんか。

彼女はそう言って笑う。それからまた顔を引き締める。

彼女は言う、いったいいなんだってあなたはここにいるのかしら。もっといろいろと聞きたいわけ？　そんなの何日だって延々と話してあげられるわよ。あなたがここに現れた理由くらいちゃんとお見通しなんだから。でもね、私はあなたの口から直接それを聞きたいのよ。

私が何も答えずにいると、そしてじっと黙って座っていると、彼女はそのまま話をつづけた。

彼女は言う、あなたが出ていったあと、すべてがどうでもよくなってしまった。子供も神様も何もかも知ったことかと思った。何が起こったのか自分でもまるっきりわからないっていう感じだったの。もう自分が生きてないみたいだった。私の人生はそれまでするすると進んできて、そこで突然急停止してしまったのよ。徐々にスピードを落として止まったとかいうんじゃなくて、大きな軋みとともにぱたっと止まったのよ。私は思ったわ、自分はあの人に価しない人間だったんだろうかと。というか、自分自身にもあるいは他の誰にも価しない人間なんだろうかと。そんなにひどい思いをしたことはなかったわ。心が今にも張り裂けてしまいそうだった。いや、何を言っているんだろう。私の心は実際に張り裂けたのよ。もちろん張り裂けたわよ。びりびりとね。ついでに言えば、いまだにそれは張り裂けたままなのよ。要するに、早い話、そういうことよ。私の卵はみんな一緒にひとつのバスケットの中に入っている。歌の文句じゃないけど、ア・ティスケット、ア・タスケット、私の腐った卵はぜんぶバスケットの中。

彼女は言う、あなたは新しい女《ひと》を見つけたんでしょう。違う？　そんなに時間はかからなかったっていうわけね。そして今は幸せいっぱい。とにかく世間はそう言ってるわよ。「彼は今では幸福である」ってね。ねえ、私はあなたが送ってくるものをひとつ残らず読んでるのよ！　読んでないとでも思った？　いいこと、私はあなたの心のうちを知ってるのよ。いつだってわかってたわ。昔からわかってたし、今でもわかってる。私はあなたの心の裏の裏まで承知してるし、そのことはしっかり忘れないでいてちょうだいね。あなたの心はね、ジャングルであり、暗い森であり、ごみ缶なのよ。もし何かあなたの話を聞きたいというような人がいたら、私と話させてちょうだい。あなたのやり方のコツみたいなのはちゃんと心得ているから。こっちに寄越してくれれば、私はいやというくらい話を聞かせてあげるわ。私は戦場におりました。私はちゃんとお勤めも果たしました。それからあなたは、あなたの作品とやらいうものの中で私をさらし者にして、いい笑いものにしてくれたのよ。そのへんの誰彼に同情させたり、ああだこうだと偉そうなことを言わせるようにさせたのよ。ちょっと私に訊いてくれる。私がそういうことを気にしたかどうか。私がそういうことで嫌な思いをしたかどうか。さあ、訊いてちょうだいな。

いや、そういうことを訊くつもりはないな、と私は言う。そういう問題には関わり合いたくない。

そりゃそうでしょうよ！　と彼女は言う。どうして関わり合いたくないか、その理由だってちゃんと自分でわかっているんでしょうね！

彼女は言う、ねえハニー、こんなことを言って気を悪くしてほしくないんだけど、私は時々あなたを銃で撃って、あなたがのたうつところをじっと見ていられそうな気がするの。

彼女は言う、あなた私の目をじっと見ることできないでしょう。どう？

彼女は言う、私があなたに向かって話しているときに、あなたは私の目をじっと見ることさえできないでしょう。そういう言い方を彼女はする。

それで、オーケー、私は彼女の目を見る。

彼女は言う、そう、それでいい、と彼女は言う。これでちょっとは話ができそうになったかもね。少しはましになった。話している相手の目を見れば相手が何を考えているかよくわかるものね。それくらいは誰にでもわかる。でももっといいことを教えてあげましょうか。世界じゅう見回してもあなたにこんなことを言ってくれる人は誰もいない。でも私はあなたに向かってそれを口にすることができる。私にはそうする権利があるのよ。私はその権利を身をもって得たのよ。いいこと、あなたは自分を他の誰かと取り違えているのよ。それは動かしがたい事実よ。でも世間の人はあと百年くらいしたら、私になんか何もわかってないんだって言うことでしょうね。だいたいこの女は何者だったんだって。

　彼女は言う、いずれにせよあなたは私と誰か別の人間とを取り違えているわよ。それは確かよ。ねえ、私は名前だってもう前とは違ってしまっているのよ！　生まれたときに貰った名前でもないし、あなたと一緒だったときの名前でもないし、二年前の名前とだって違うのよ。いったいどうなっちゃってるの？　いったいぜんたい何なのよ、これは？　ひとこと言わせてちょうだい。私はもう放っておいてほしいの。お願い。そう思うのは決して道理に外れたことじゃないでしょう？

　彼女は言う、あなたどこか別のところにいなくちゃならないんじゃないの？　飛行機に乗らなくちゃいけないんじゃないの？　今この瞬間、どこかここから遠いところにいなくちゃいけないんじゃないの？

　いや、と私は言う。私はもう一度同じ返事を繰り返す。いや。別に行くところはない。いなくちゃいけない場所なんて別にないね。

　それから私が次にやるのはこういうことだ。私は手をのばして親指と人さし指で彼女のブラウスの袖をつまむ。それだけだ。私はそんな風にちょっと指を触れて、それから手をひっこめる。彼女は身を引いたりはしない。彼女は身動きもしない。

それからここで私はまた別のことをする。私はそこに跪く。私みたいな大男がだ。そして彼女のドレスの裾を手に取る。この床の上でいったい何をしようとしているのか、自分でもわからない。でもそこが自分のいるべき場所だということが私にはわかる。そして私はそこに両膝をついている。彼女のドレスの裾にしがみつくようにして。

彼女はしばらくのあいだじっとしている。でもやがてこう言う、ねえ、もういいわよ、馬鹿な人ね。時々本当に阿呆なことするんだから。もう立ち上がってよ。さあ、立ち上がってって言ってるでしょう。だからもういいんだって。私はもう大丈夫なんだから。そりゃあれから気持ちを立て直すのにけっこう時間がかかったわ。あなたいったいどう思ってたの？　私があっという間に立ち直るとでも思っていたわけ？　そのやっと落ち着いたところにあなたがのこのこと顔を出して、とたんに昔のごたごたがそっくりぶり返した。私だって胸のうちのもやもやしてたものを吐き出したくもなるわよ、わかるでしょう、でももう大丈夫、もうそれもおしまい。

彼女は言う、長い長いあいだ、私はインコンソラブル（慰めというものを知らぬ身）だった。インコンソラブル、と彼女は言う。この言葉をあなたの小さなノートに控えておきなさいよね。私の経験から言うんだけど、これは英語の中でいちばん悲しい言葉よ。でも私はやっとそれを克服したの。時こそは良き紳士なり、と昔の人は言ったわね。あるいは時こそはしわくちゃ婆さんなりだっけ。どっちだっていいんだけどね。

彼女は言う、私には今の生活というものがあるのよ。それはあなたの送っている生活とはとことん違うもの。でもお互いの生活をいちいち引き比べる必要もないでしょうね。これは私の生活だし、歳をとるとね、それを知ることが大事になってくるのよ。まああんまり考え込まないでね、と彼女は言う。でもね、なんというか、ちょっとくらいは考え込んでくれたっていいのよ。それくらいは平気よね。ちょっと考え込むくらいは当然でしょう。まあ後悔してくれとまでは言いませんけれどね。

彼女は言う、さあもう立ち上がってさっさと帰ってちょうだい。主人がもうすぐお昼ご飯を食べに家に帰ってくるのよ。こんなところを見られたら、まったくどう説明すればいいのよ。

とんでもないことだとは思うのだが、私はそこに跪いたまま彼女のドレスの縁をじっとつかんでいる。私はそれを放したくなかった。まるでテリアになったみたいだ。体が床にくっついてしまったようだ。体が動かなくなったみたいだ。

彼女は言う、さあ立ってったら。いったい何よ。あなたはまだ私から欲しいものがあるの？　何が欲しいのよ。私に許してもらいたいのかしら。だからそんな真似をしてるわけなの。そういうことなのね？　それがわざわざあなたがここまで足を運んだ理由なのね。包丁の話で少しは目が覚めたのかしら。おおかたそんな出来事はすっかり忘れていたんでしょう。私に言われてやっと思い出したというわけか。オーケー、あなたがもう行ってくれるんなら、いいことを言ってあげるわよ。

彼女は言う、あなたのことを許すわよ。

彼女は言う、これで満足した？　気分は良くなったかしら。幸せになったかしら。彼は今では幸せである、と彼女は言う。

でも私はまだそこにじっとしている。床の上に跪いたまま。

彼女は言う、私の言ったこと聞こえた？　あなたもう行かないと駄目よ。馬鹿な人ね。ねえハニー、私はあなたのことを許すって言ったのよ。それにあなたに包丁の事件を思い出させてまであげたのよ。それ以上してあげられることは何も思いつけない。あなたはなんだか知らないけどうまくやったわよ。さあもう出ていってちょうだい。立ってちょうだい。そう、それでいい。相変わらず大きいわねえ。さあ帽子よ、帽子忘れないでね。あなた昔は帽子かぶらなかったわよね。あなたが帽子をかぶっているところなんて見たことなかったわ。

彼女は言う、私の言うことを聞いて。私を見て。私がこれから言うことをしっかりと聞いてちょうだいね。

彼女は私のそばに寄る。彼女の顔は私の顔から三インチくらいしか離れていない。こんな近くに寄るなんてもう何年ぶりだろう。私は彼女に聞こえないくらいこっそりと息をひそめて、じっと待つ。心臓の鼓動がどんどん遅くなっていくみたいだ。そういう気がする。

彼女は言う、あなたは自分がそう語らなくてはいけないと感じるままに語ればいいのよ。そう思うわ。それ以外のことは忘れなさい。例の調子でね。何にせよ、あなたはこれまでずっとそれでやってきたんだもの、そんな難しいことじゃないでしょう。

彼女は言う、さあ、これでいいわね。あなたはもう自由なのよ。そうでしょう？少なくとも自分ではもう自由だと思っている。やっと自由だってね。ねえ、これはジョークだけど、笑わないでね。でもとにかくこれで気分は良くなったでしょう。どう？

彼女は私と並んで廊下を歩く。

主人が今この瞬間に家に帰ってきたら、いったい何と言って言い訳したらいいものやら。でもそんなこと、もうどうだっていいという気もするのよ。だって考えてみれば、いまさら何がどうなろうが知ったことじゃないじゃない。それにその手のことは何もかも、もうすでに一切合切起こるべくして起こってしまったのよ。ところでフレッドっていうのよ、主人の名前は。まっとうな人で、毎日額に汗して働いているわ。彼は私のことを大事にしてくれるの。

そして彼女は私を玄関まで連れていく。我々は玄関のドアを閉め忘れていた。その開き放しのドアからは朝の光と新鮮な空気が、そして通りの物音がそっくり入り込んでいた。でも我々はそんなものには気がつきもしなかった。私はドアの外に目をやる。そして、ああこれは凄い、朝の空には白い月がかかっている。そんなに見事なものを私はもう本当に長いあいだ目にしたことがない。でも私は怖くてそのことが口に出せない。怖いのだ、実に。そんなことを口にしたら、自分がどうなるのか見当もつかない。わっと泣きだしてしまうかもしれない。筋のとおらないことを思わず口にしてしまうかもしれない。

彼女は言う、あなたまた戻ってくるかもしれない。それとももう二度と現われないかもね。こういうのってすぐに褪せてしまうのよね。あなたはそのうちにまた嫌な思いに取りつかれるかもしれない。あるいはこのことで良い話を書くかもしれない、と彼女は言う。でももしそうなったとしても、私はそんなこと知りたくもない。

さよなら、と私は言う。彼女はそれ以上何も言わない。彼女は自分の両手を見ている。それからその両手をドレスのポケットに突っ込む。彼女は首を振る。家の中に入り、今度はちゃんとドアを閉める。

私は歩道を歩く。通りの終わるところで子供たちがフットボールを投げ合っている。でもそれは私の子供たちではない。彼女の子供たちでもない。いたるところに木の葉が散っている。溝の中にまで落ちている。目につくところ木の葉の山だらけだ。歩を運ぶと、そのそばからはらはらと木の葉が降ってくる。木の葉の中に靴を突っ込まないでは一歩だって前に進めない。誰かが手を打たなくてはならない。誰かが熊手をもってきて、きちんと片付けなくちゃ。

メヌード

Menudo

眠ることができない。妻のヴィッキーが熟睡していることを確かめると、起きあがってベッドルームの窓から、通りをはさんで向かい側にあるオリヴァーとアマンダの家の方を見る。オリヴァーは三日前に家を出ていって今は不在だが、細君のアマンダはまだ起きている。彼女もやはり眠れないのだ。時刻は午前四時、あたりには物音ひとつしない。風の音も、車の音も聞こえない。月さえ出ていない。オリヴァーとアマンダの家に明かりがついているだけだ。正面の窓の下には落ち葉が積もっている。

二日前、じっと座っていることに我慢しきれなくなって、僕は庭の落ち葉を掃き集めた。ヴィッキーと僕の家の庭の落ち葉をだ。落ち葉を集めてごみ袋に入れ、口を縛って家の前に並べて出しておいた。そのとき僕は、ついでに向かいの家の落ち葉も掃き集めたいという激しい想いに駆られた。でも思いとどまった。そう、お向かいの家で進行中のごたごたも、もとはといえば僕のせいなのだ。

オリヴァーが出ていってしまって以来、僕はほんの数時間しか眠っていない。ヴィッキーは僕が家の中をうろうろ歩きまわって、思い悩んだ顔をしているのを見て、事の次第を察している。彼女は今ベッドの自分の側に寝ている。約十インチ分くらいの幅のマットレスの上に身を縮めている。彼女はベッドに入ると、眠っているあいだにうっかり僕の方に転がっていかないように、できるかぎりしっかりとそこに位置を定めたのだ。横になってから微動だにしていない。しくしくと泣いて、そのあとで眠ってしまった。彼女は消耗しきっている。僕だって消耗している。

僕はヴィッキーの睡眠薬をあらかた飲んでしまった。それでもまだ眠れない。緊張がどうしてもとれないのだ。でもずっと起きて見ていれば、家の中を動きまわるアマンダの姿がちらりとでも見えるかもしれない。あるいは彼女がカーテンの陰からこちらを、何か見えやしないかとうかがっている様子がわかるかもしれない。

でももし見えたとして、それがどうしたというのだ。それでどうなるというのだ。ヴィッキーは僕の頭が狂っていると言う。ゆうべはもっとひどいことも言った。でも誰に彼女を責められるだろう? 僕は打ち明けた――言わないわけにはいかなかった――でも相手がアマンダだということは明かさなかった。アマンダの名前が出てくると、違う、彼女じゃないと言いはった。ヴィッキーは疑った。でも僕は決して名前は明かさなかった。どれだけ彼女に責めたてられても、何度か頭を殴られても、相手が誰だかは言わなかった。

「相手なんて誰だっていいだろう」と僕は言った。「君はその相手の女に会ったこともないよ」と僕は嘘をついた。「君の知らない女だ」彼女が僕を殴りだしたのはそのときだった。

僕は自分がよれてるように感じる。僕の絵描きの友達アルフレードが、何かで参っている友人たちについてよくそう表現していたものだった。よれてる、と。僕はよれてる。

これはどう考えても間違いだ。それは自分でもわかっている。でもアマンダのことがどうしても頭から離れないのだ。事態はとてもまずいことになっている。ふと気がつくと最初の女房のモリーのことを考えていたりまでする。僕はモリーを愛していた、と思う。僕自身の命よりも愛していた。

僕はピンクのナイトガウンを着たアマンダの姿をずっと想像している。彼女がそれを着て、揃いのピンクのスリッパを履いているのを見るのが大好きだった。彼女は今きっと大きな革のソファーに座っているはずだ、と僕は思う。あの真鍮の読書灯の下に。彼女は次から次へと煙草を吸っている。すぐ手元に灰皿がふたつあるが、どちらも吸殻でいっぱいになっている。椅子の左手のスタンドの隣には、雑誌が積みあげられた小卓がある。まっとうな人々の読む普通の雑誌だ。僕らはみんなまっとうな人々なのだ——あるポイントまでは。今この瞬間アマンダは雑誌のページをぱらぱらと繰っているだろう、と僕は想像する。ところどころで手をとめて挿絵やひとこま漫画をちらっと見ながら。

二日前の午後、アマンダは僕にこう言った。「私、もう本というものを読むことができないの。誰にそんな暇があるかしら?」それはオリヴァーが出ていった翌日だった。そして僕らは街の工業地域にある小さなカフェにいた。「何かに神経を集中するなんて、今どき誰にできるかしら?」と彼女はコーヒーをかきまぜながら言った。「誰が本なんて読むのかしら? あなた読んでる?」(僕は首を振った)「誰かは読んでいるはずよね。本屋のウィンドウには本が飾ってあるもの。ブッククラブだってつぶれてないし。きっと誰かは本を読んでいるのね」と彼女は言った。「でも誰が読んでいるんだろう? 私、本を読んでる人なんて一人も知らない」

それは何の脈絡もない発言だった。だって、僕らは本の話なんてしてはいなかった。僕らは自分たちの行く末について話していたのだ。本なんてまったく関係ない。

「君が打ち明けたらオリヴァーはなんて言った?」

突然僕はこう思う。おい、これはまるでテレビの昼メロの台詞じゃないか、と。僕らのこの思いつめたような、緊張した面持ち。昼メロだ。そんな番組、僕はすぐにスイッチを消してしまう。まともに見たこともないのだ。

アマンダは顔を伏せて首を振った。思い出すのも堪え難いというように。

「相手が誰かは言わなかっただろうね？」

彼女はまた首を振る。

「本当に大丈夫だね？」僕は彼女がコーヒーカップから目を上げるのを待った。

「私、名前は言わなかったわ。それでいいかしら？」

「彼はどこに行くとか、どれくらいで戻るとか、何か言ってた？」と僕は言う。そんなことを口にする自分の声が聞こえなきゃいいのになと思いながら。今話題にしているのは僕の隣人なのだ。オリヴァー・ポーター。僕のおかげで家を出ていくことになった男。

「どこに行くとも言わなかったわ。ホテルに泊まるって。そのあいだに荷物をまとめていなくなってしまってくれ、彼は私に言ったの――汝いなくなるべし。そういうのってあの人が口にするとまるで聖書の言葉みたいに聞こえるの――俺の家から、俺の人生から、一週間のうちに出ていけって。そのあとで彼はうちに戻ってくるんだと思うわ。だから私たち、すごく大事なことをすごく短期間に決定しなきゃいけないのよ、ハニー。あなたと私とで、かなり急いで腹をきめなくちゃならないのよ」

こんどは僕がじっと見られる番だった。彼女は終生の約束のしるしを求めているのだ。「一週間か」と僕は言った。そしてもうすっかり冷めてしまった自分のコーヒーカップに目をやった。短い間にいろんなことが次々に起こった。そして僕らはそれをなんとか呑みこもうとしていた。ちょっとしたいちゃつきあいが愛情に変わり、それが午後の密会へと移っていった数ヵ月。そのあいだに僕らがいささかなりとも長期的に物事を考えたことがあったかどうか、定かではない。でも何はともあれ、我々は深刻な状況に追い込まれていた。すごく深刻だった。昼の日なかに、こんな風にカフェにこそこそと身を隠して、人生の重大な決断を迫られることになろうなんて、まったく思いもよらないことだ。

僕が目を上げると、アマンダはコーヒーをかきまわしはじめた。彼女はいつまでもそれをかきまわしていた。僕は彼女の手に触れた。すると彼女は指からスプーンをぽろっと落とした。彼女はそれを拾いあげて、またかきまわしはじめた。はたから見れば、僕らはうらぶれたカフェの蛍光灯の光の下に座ってコーヒーを飲んでいるありきたりの人間にしか見えなかったはずだ。何の特徴もない誰かに。僕はアマンダの手を取って握りしめた。そうすることによって、そこにひとつの違いが生じたように見えた。

階下に降りていくとき、ヴィッキーはまだ自分の側で眠っている。僕はミルクを温めて飲もうと思う。昔は眠れないときにはウィスキーを飲んだものだが、酒はもうやめてしまった。今では何があろうと断固ホット・ミルクだ。ウィスキー時代には夜中にものすごく喉が乾いて目覚めたものだった。でもそのころはいつもちゃんと先を読んでいた。たとえば冷蔵庫の中に水を入れた瓶を常備していた。なにしろ体がからからに乾いてしまうのだ。目覚めたとき、僕の体からは水分が残らず抜き去られ、頭から足の先まで汗ぐっしょり。でもほうほうのていで台所までたどりつき、冷蔵庫の冷たい水の恩恵をこうむることができた。そいつをごくごくとぜんぶ、一息で飲んだ。一クォートまるまる。グラスを使うこともあったが、使わないことの方が多かった。そしてふと気がついたときには僕はまた酔っぱらっていて、台所をふらふらよろめいていた。どうしてそんなことになってしまうのか、自分でもぜんぜんわからない。今素面《しらふ》だと思ったら、次の瞬間にはもう泥酔している。

酔っぱらうのは僕の運命のひとつである――そういえばモリーはそう言っていた。彼女は運命というものを信じていた。

寝不足のせいで僕はほとんどやけになっている。もし眠れるものなら、もう何だってくれてやる、と思う。まともな人間らしく心ゆくまでぐっすりと眠りたい。

それはそうと、我々はどうして眠らねばならないのだろう？ そして危機的状況では睡眠時間が減って、そうじゃないときには増える傾向があるのはどうしてだろう？ たとえば僕の父親が卒中で倒れたときがそうだ。長い昏睡のあとで父は目を覚ました——七日七晩、病院のベッドで寝ていたのだ——そして同室の人々に向かって落ち着いた声で「やあ、こんにちは」と言ったのだ。それから父は僕がいることに気づいた。「やあやあ」と彼は言った。そしてその五分後に死んだ。実にあっけない話だが、そのままぽっくり死んでしまったのだ。それはともかく、そういった危機的な状況の最初から最後まで、僕は一度たりとも服を脱がなかったし、横になって眠りもしなかった。ときたま待合室の椅子に座ってうとうととはしたかもしれない。でも横になってきちんとは眠らなかった。

そして一年かそこら前のことだが、僕はヴィッキーが他の男とつきあっていることを知った。そのことを耳にしたとき、彼女に直接問いただすかわりに、僕はベッドに横になった。そしてずっとそこで寝ていた。何日も起きなかった。一週間くらいそこで寝てたかもしれない。覚えてない。もちろん立って便所にいったり、台所に行ってサンドイッチを作るくらいのことはした。午後にパジャマ姿のままで居間に行って新聞を読もうとまでした。でもそこに座ったままぐうぐう寝入ってしまった。それからはっと目覚めてベッドに戻り、またあっという間に眠ってしまった。どれだけ眠っても眠りたりなかった。

でもそれも今では昔話だ。我々はそいつを切り抜けた。ヴィッキーはそのボーイフレンドと手を切った。あるいは向こうが手を切ったのかもしれない。どっちだかは知るべくもない。僕にわかっているのは、彼女が少しのあいだ僕のもとから去って、そしてまた戻ってきたということだけだ。でも今回のこの事態を切り抜けるのはまず無理じゃないかという気がする。状況が違う。オリヴァーはアマンダに最後通牒をつきつけたのだ。

でも、今この瞬間にオリヴァーもやはり起きていて、アマンダに和解をうながす手紙を書いているという可能性はないだろうか？　この今、彼は机に向かってせっせと手紙を書いているかもしれない。君が僕や娘のベスに対してやっていることは愚かしく出鱈目なことであり、結局は我々三人ともが不幸になるんだぞ、と。

いや、そんなことはありえない。僕はオリヴァーという人間をよく知っている。厳格で、許すということを知らない男だ。その気になればクローケーのボールを向こうのブロックまでかっとばすことだってできる男なのだ（実行したこともある）。そんな手紙を書くタイプじゃない。彼は妻に最後通牒をつきつけたじゃないか。要するにそういう奴なのだ。一週間の猶予。もう四日たった。いや、三日だっけな？　オリヴァーはあるいは起きているかもしれない。でも起きていたとしても、ホテルの椅子に座ってウォツカ・ロックのグラスを手に、足をベッドに載せているだろう。テレビが小さな音でついている。靴だけを別にして、あとはしっかり服を着込んでいる。靴ははいてない。それが彼の唯一の譲歩なのだ。それと、ネクタイを緩めていることだけが。

オリヴァーは厳格な男である。

僕はミルクを温め、スプーンで表面の膜をすくい、カップに注ぐ。それから台所の電気を消して、カップを手に居間に行って、ソファーに座る。そこから通りを隔てて明かりのついた窓を見ることができる。でも僕はおとなしく座っていることができない。そわそわとしつづける。脚を組んだり、また組みかえたり。僕は自分が火花を散らしたり窓を割ったりできそうな気がする。あるいは家具を全部並べかえてしまったり。

眠れないときに、人はなんといろんなことを次から次へと思いつくものだろう。最初のうちはモリーについて考えていた。今となっては彼女の顔さえすぐには思い出せないというのに。やれやれ、僕らはなんだかんだとずいぶん長く一緒にいた。二人がまだ子供のころからだ。モリー、彼女は僕のことを永遠に愛すると言ったのだ。でもモリーについて僕が唯一思い出せるのは、台所のテーブルで泣いている姿だけだ。肩を落として、両手で顔を覆っている。永遠に、と彼女は言った。でもそうはいかなかった。結局のところ、もしこれから先、私たちが一緒に暮らせなくなったとしても、それはそれでかまわない、と彼女は言った。私たちの愛はもっと高いところに存在しているんだから。それは彼女がヴィッキーに電話をかけてきたときに使った言葉だった。そのとき僕とヴィッキーはもう一緒に暮らしていた。モリーは電話をかけてきて、ヴィッキーが出ると、こう言った。「あなたは彼と一緒にいればいいわ。でも私と彼との関係はずっと終わらない。彼の運命と私の運命は繋がっているのよ」

最初の妻モリーはそういうしゃべり方をした。「私たちの運命は繋がっている」。以前はそんなしゃべり方はしなかった。そうなったのはずっと後のことだ。いろいろとごたごたがいっぱいあってから、彼女は「宇宙的」だの、「天与の力」だの、その手の言葉を使いだしたのだ。でも僕らの運命は繋がってはいない——仮にかつては繋がっていたとしても、少なくとも今は繋がってはいない。今彼女が何処にいるのかさえろくに知らないのだ。

僕はその正確な時期を、そのはっきりとしたターニング・ポイントを、指し示すことができると思う。いつモリーがおかしくなってしまったかというその地点を。それは僕がヴィッキーとつきあい始め、モリーがそれに気づいたあとのことだ。モリーが教師をしていたハイスクールから電話がかかってきた。「お願いします。おたくの奥さんが学校の前で腕立て宙返りなさってるんです。来ていただいた方がいいと思うんですが」。僕は彼女を家に連れて帰ったが、それ以来、彼女は「高度な力」だの「流れ《フロー》とともに行く」だの、その手の用語を使いだした。僕らの運命は「修正」されてしまったのだ。それまでのためらいも一度に消えて、僕はそのとき後ろも振り返らずにさっと彼女を捨ててしまった。生まれてからずっと知っていたその女を。長年にわたって僕にとっての最良の友であり、同居人であり、心を割って話せる相手であった女性を。僕は彼女を見捨てたのだ。まずひとつには、僕は怖かったのだ。恐怖を感じたのだ。

二人、手に手を取ってともに人生に乗り出したその娘、愛しい女、心優しき人、それが今や御託宣を求めて占い師だの手相見だの、果ては水晶玉覗きにまで通いつめているのだ。人生いかに生きるべきかについての回答を得んがために。仕事を辞め、教師の退職金を引き出し、何を決めるにも易経にまずあたってからという具合になってしまった。奇妙な衣服を身にまとうようにもなった。皺加工されていて、バーガンディーやらオレンジ色やらの飾りがいっぱいついた服だ。彼女は――これは嘘偽りない話だが――みんなで輪になって座って空中浮遊しようと試みるグループにまで入ったのだ。

モリーと僕が一緒に成長していたころ、彼女は間違いなく僕の一部であり、僕はまた彼女の一部であった。僕らは愛し合った。それは運命だった。そのときは僕だって運命の存在を信じていた。でも今は、何を信じればいいのかわからない。泣き言を言っているわけではない。ただ事実をそのまま述べているだけだ。僕にはもう何もなくなってしまった。そして僕は何も持たぬままに生きていかなくてはならない。運命なんてものはそこにはない。これといって意味もないことがただ次々に起こるだけだ。衝動に駆られるままに、誤謬をかさねていく。そのへんの世間一般の人々と同じように。

アマンダはどうか？　僕は彼女を信じたい。彼女の心に救いを求めたい。でも僕に出会ったとき、彼女はただ誰かを求めていたのだ。人々は自分が充たされず不安なとき、よくそのように行動する。それが物事をとりかえしのつかないまでに変質させてしまうと知りながら、つい何かにとびついてしまうのだ。

僕は前庭に飛び出していって、大声で叫びたかった。「それだけの値打ちなんて、ありゃしないんだよ！」と。みんなにそう言ってやりたかった。

「運命」とモリーは言った。たぶん今でもまだそう言ってることだろう。


台所だけを残して、今では向かいの家の明かりは全部消えてしまっている。その気になれば、アマンダに電話をかけることもできる。それが何か役に立つのなら電話でもなんでもする。でももしヴィッキーがダイヤルを回す音を聞きつけたら、あるいは僕が話している声を耳にして下におりてきたら、どうするんだ？　もし彼女が上で受話器を取って盗み聞きしたらどうするんだ？　それにベスが電話に出るという可能性だって忘れちゃいけない。今朝は子供と話ができるような心境じゃない。誰とも話なんかしたくない。実のところ、できることならモリーと話がしたかった。でもそれはもう不可能だ。彼女は今では別人になってしまっている。もう昔のモリーじゃない。でも――なんてことだろう――僕だってもう別人になってしまっているのだ。

僕はこの辺に住んでいるごくあたりまえの人々の仲間入りができたらなあと思う。

変わりばえのしない、ノーマルで、芸のない人間に。そして寝室に戻って横になり、そのまま眠ってしまえたらなあと思う。この分じゃとんでもない一日になりそうだし、それに備えておきたい。ぐっすり眠って目が覚めたら、僕の人生における何もかもが今とは違うものになっていたなんてことになればいいのにな、と思う。それは必ずしも重要なこと、たとえばアマンダのこととかモリーとの過去とか、でなくてもいいのだ。明らかに僕の力が及ぶ範囲のことでもいい。

たとえば母とのことがそうだ。僕は昔、毎月、母に送金していた。でもやがて僕は同じだけの金額を年に二回にわけて送るようにした。誕生日に母に金を渡し、クリスマスにまた渡した。僕はこう思った。これで母の誕生日を忘れずにすむし、クリスマス・プレゼントを送らなくちゃと考える必要もなくなる。万事めでたし、と。それは長いあいだにわたって判で押したみたいに規則正しくつづいた。

でも昨年、母はラジオが欲しいと言ってきた。それは送金と送金の間の時期だった。三月、あるいは四月だったかもしれない。ラジオがあると助かるんだけどね、と母は言ってきた。

母が欲しいのは小型のクロック・ラジオだった。それを台所に置いて、夕食の支度をしながら何か聴きたいと思ったのだ。そして時計がついていれば、オーブンからものを取り出す頃合だってわかるし、あとどれくらいで番組が始まるかだってわかるし、と言った。

小型のクロック・ラジオ。

母は最初それを遠回しに言った。「ラジオがひとつすごく欲しいんだけどさ、なかなか買えなくてねえ。まあ誕生日まで待たなくちゃならないとは思うんだよ。これまで持っていた小さなラジオだけどさ、あれ落っことして壊れちゃったんだ。ラジオがないと寂しくてねえ」ラジオがないと寂しくてねえ。電話で話しているときに、そう言ったのだ。手紙のなかでも母はそのことを持ち出していた。

とうとう最後に僕は——なんて言ったっけな？　僕にもラジオなんてものを買う余裕はないんだと言った。手紙にもそう書いた。こちらの言い分がはっきりと正確に理解できるように。僕にはラジオなんてものを買う余裕はないんだよ、と書いた。今やっていることが精一杯なんだから、と。実にそう書いたのだ。

でもそれは嘘だった！　その気になれば、もっと金を渡すことができた。できないなんて口先だけ。母にラジオを買ってやるくらいべつにむずかしくはなかった。いったい幾らかかるというのだ。三十五ドルか？　税込みでせいぜい四十ドルというところだろう。郵便でラジオを母に送ってやることもできた。自分で送るのが面倒なら、買った店から送らせることだってできた。あるいは四十ドル分の小切手に「これでラジオを買ってください」という手紙をつけて送ってもよかった。

いずれにせよそれくらいの工面はできたのだ。だってたかが四十ドルのことだ。でもそうしなかった。金なんか出すものかと思った。それは原則の問題だと思った。とにかく僕は自分にそう言いきかせた――これは原則の問題なんだからと。

立派なもんだ。

それでどうなったか？　母は死んでしまった。死んでしまったのだ。食料品店から買い物袋をさげて歩いてアパートに帰る途中で、どこかの家の茂みにつっぷして死んでしまった。

いろんな手つづきをするために、僕は飛行機で飛んだ。母の遺体はまだ検死官のところに置かれていた。ハンドバッグと食料品はオフィスの机の後ろに置いてあった。ハンドバッグを渡されたが、中を見る気にはなれなかった。でも彼女が食料品店から買って帰ってきたものは便秘薬一瓶と、二個のグレープフルーツと、カテージ・チーズの箱と、一クォートのバターミルクと、じゃがいもと玉葱が何個かずつ、それにすでに色の変わりはじめた挽き肉だった。

ああ、僕はそれを見たときおいおい泣きだしてしまった。涙がとまらなかった。このままずっと泣きやむことができないんじゃないかという気がした。デスクで仕事をしていた女性が狼狽して、水を一杯持ってきてくれた。彼らは僕にその食料品の袋と、彼女の所持品をいれた袋を渡した。袋には財布と義歯が入っていた。僕はその義歯をコートのポケットに入れ、レンタカーを運転して葬儀場まで行き、そこの誰かにくれてやった。

アマンダの家の台所の電気はまだついている。その明るい光が外に積もった落ち葉の上にこぼれ落ちている。彼女も僕と似たような状態なのかもしれない。そして恐怖におののいているのかもしれない。あるいは彼女はそれを門灯がわりに、夜のあいだつけっぱなしにしておいたのかもしれない。あるいは彼女はまだ起きていて、台所のテーブルに向かって、その明かりの下で僕に手紙を書いているのかもしれない。アマンダは僕に宛てて手紙を書いていて、夜が明けて一日が始まってから、それをうまく僕の手に渡そうと考えている。

考えてみれば、彼女とつきあうようになって以来、一通の手紙も受け取ったことがない。六ヵ月だか八ヵ月だかになるけれど、肉筆の字を一度も目にしたことがないのだ。彼女にまともな文章が書けるのかどうかさえ僕にはわからないような有り様だ。

そのくらいはできるんだろうと思う。間違いなくできるはずだ。だって彼女は僕に本の話をするじゃないか？　それにもちろん文章が書ける書けないなんて、ぜんぜん問題じゃない。まあ、たいした問題じゃないと思う。そんなことに関係なく、僕は彼女を愛しているのだ。だろう？

でも考えてみれば、僕の方だって彼女に手紙を書いたことはない。僕らはいつも電話で話すか、あるいは会って直接話すかしていた。

モリーは手紙を書くのが好きだった。一緒に住まなくなってからでさえ、よく僕に手紙を書いてきたものだった。ヴィッキーは郵便受けから出したそんな手紙を、何も言わずに台所のテーブルの上に置いていった。でも結局、手紙の数はだんだん少なくなっていった。間隔が間遠になり、内容は奇想天外なものになっていった。その手紙はまったくぞっとする代物だった。そこには「オーラ」だの「徴候《しるし》」だのといった言葉があふれていた。時折、天のお告げの声について書いてきた。それは彼女にああしろとか、あそこに行けとかいうようなことを告げるのだ。一度こんなことを書いてきた。何が起ころうと、我々はいつも「同じ周波数に属して」います。そしてあなたが何を感じているか私には常にはっきりとわかるのです。時々私はあなたに「電波を送って」いますと彼女は書いていた。そんな手紙を読んでいると、首の後ろのあたりがぞくぞくした。彼女はまた運命に対する新しい呼び名を手に入れていた。カルマ、というのがそれだ。「私は自分のカルマのあとを追っています」と彼女は書いていた。「あなたのカルマは悪い方に向かっています」

僕は眠りたい。でも何のために？　そろそろ人々が起き出す時間になる。ほどなくヴィッキーの目覚まし時計が鳴り出すだろう。僕は二階に上がって妻の寝ているベッドにもぐりこみ、悪かった、あれは間違いだった、なにもかも忘れてしまってくれ、と言えたらどんなに素敵だろうと思った。それからぐっすりと眠って、目が覚めると、僕の腕の中にはヴィッキーがしっかりと抱かれている。しかし僕はそんなことをする資格を喪失してしまったのだ。そういう世界の外に出てしまったし、もう二度とその中に戻ることはできない。でももしそうしたらどうなるだろう？　実際に二階にあがって、ヴィッキーの隣にもぐりこんだら？　彼女は目を覚ましてこう言うかもしれない、畜生、私の体にさわらないでよ、向こう行け。

そんなの冗談じゃないな。彼女の体になんか触らない方がいい。そういう触り方はよしておこう。

僕がモリーと別れたあと、彼女を捨てて出ていったあと、二ヵ月くらいたってからだと思うが、モリーが本格的にいかれてしまった。前から徴候はあったのだけれど、神経がぷつんと切れてしまったのだ。彼女のお姉さんが、必要な治療を受けられるようにとりはからってくれた。いや、ごまかしちゃいけない。彼らはモリーを病院に放り込んでしまったのだ。そうするしかなかったと彼らは言った。彼らは僕の女房を病院に放り込んでしまったのだ。でもそのとき、僕はもうヴィッキーと同棲していて、なんとか酒をやめようとしているところだった。僕はモリーのために何もしてやれなかった。要するに、僕とモリーはぜんぜん違う人生を歩みはじめていたのだ。もし救ってやりたいと思ったとしても、僕の力ではもう彼女をその場所から出してやることはできなかっただろう。でも実をいうと、とくに救ってやりたいとも思わなかった。そうするのが必要だったからこそ入院させた、と彼らは言った。誰も運命については言及しなかった。状況はそんなものを越えてしまったのだ。

　そして僕は彼女の見舞いにさえ行かなかった。一度もだ！　病院で彼女に会うなんてとても耐えられないとそのとき僕は思ったのだ。でもいったい僕は彼女の何だったのだ？　都合の良いときだけの友達か？　ともに手をとって長い月日を過ごしてきた間柄ではないか。でもいったい彼女に向かって何と言えばよかったのか？　こんなことになって気の毒だったね、ハニー。まあそう言うべきだったのかな。手紙を書こうとも思ったが、結局書かなかった。一行も書かなかった。よく考えてみてほしい。手紙にだってなんとも書きようがないじゃないか。「病院の様子はどうだい、ベイビー？そんなところに入れられて、僕としても心苦しく思ってる。でも気を落とさずに頑張ってほしい。楽しかった頃のことを覚えているかい？　二人で幸せに暮らしていた頃のことを？　そんなところに入れられたと聞いて、僕としても悲しい。こういう結果に終わって残念に思う。何もかもが駄目になってしまったなんて、僕には残念でしかたない」残念だよ、モリー。

手紙は書かなかった。僕は彼女のことを、彼女という人間が存在していたことを、忘れようとしていたんだと思う。モリー、それ誰だっけなあ、という具合に。

僕は自分の女房を捨てて、他所の女房と一緒になった。ヴィッキーだ。今ではたぶんヴィッキーも失ってしまったと思う。でもヴィッキーは精神的におかしくなってサマー・キャンプに行ったりするようなタイプではない。彼女はしっかりした女なのだ。彼女は前の亭主を、ジョー・クラフトを捨てたけれど、そのときだって顔色ひとつ変えなかった。彼女がそれで一晩たりとも眠れぬ夜を過ごしたとは、とても考えがたい。

ヴィッキー・クラフト＝ヒューズ。アマンダ・ポーター。運命が僕をこんなところに運んできたのか？　この町のこの通りで、二人の女性の運命を無茶苦茶にひっかきまわすべく？
　アマンダの家の台所の明かりは、知らないあいだに消えていた。そこに灯っていた光は、他の部屋と同じようになくなってしまっていた。ポーチの明かりだけがまだついている。アマンダはそれを消すのを忘れたに違いない。おい、アマンダ。

　以前、モリーが病院に入っていて、僕の頭がいかれていたとき——実のところ僕だって頭がおかしくなっていたのだ——僕は友達のアルフレードの家にいて、みんなでレコードを聴きながら酒を飲んでいた。もう何が起ころうが知ったことか、起こるだけのことはすっかり全部起こってしまったんだものな、と僕は開きなおっていた。自分のバランスが失われているように感じた。僕という人間が失われてしまっているように感じた。とにかく僕はそのときアルフレードの家にいた。トロピカルな鳥やら動物やらを描いた彼の絵が壁という壁にかけてあった。そしてどの部屋にも、絵がいろんなものに立てかけてあった。たとえばテーブルの脚とか、煉瓦と板で作った本棚とか、そういうものに。裏のポーチにまで積みかさねてあった。台所が彼のアトリエになっていた。そして僕はその台所のテーブルに向かっていた。酒を前に置いて。部屋の隅の、路地を見下ろす窓の前に、イーゼルが置いてあった。くしゃくしゃになった絵具のチューブやパレット、絵筆が何本かテーブルのはしっこに転がっていた。数フィート離れたカウンターでアルフレードが自分の酒を作っていた。僕はこの小さな部屋のいかにも金がなさそうなむさくるしさがとても好きだった。居間のステレオ装置は音量をいっぱいに上げられ、それは家じゅうをものすごい音で満たし、台所の窓ガラスをがたがた言わせていた。突然僕は震えはじめた。最初は僕の両手が震えだした。それから両腕と両肩。歯もかちかちと言いはじめた。グラスを持つこともできなくなった。

「おい、どうしたんだ?」アルフレードが振り返って僕の様子を見て、そう言った。「何だそれ?　お前どうしたんだよ、いったい?」

僕には答えることができなかった。なんて言えばいいんだ?　何かの発作のようなものに襲われたんだろうと僕は思った。なんとか両肩を持ち上げ、そしてそれをがくっと落とした。

アルフレードがやってきて、椅子を引いてテーブルの僕の隣に座った。彼はその大きな絵描きの手を僕の肩に置いた。僕はまだ震えつづけていた。彼の手は僕の体の震えを感じ取ることができた。

「おいおいどうしたっていうんだよ?　お前もいろいろと大変だとは思うよ。まあ相当にきついわな、それは」それから、よしひとつメヌードを作ってやろう、と彼は言った。それは僕のような症状によく効くのだ、と彼は言った。「神経が休まるよ」と彼は言った。「気分がすっと収まるからさ」メヌードを作るための材料はばっちり揃ってるんだ、と彼は言った。それに俺どうせそろそろ作らなくちゃなって思っていたところなんだ。

「なあ、いいか、よく聞きなよ。俺とお前とはもう家族同然なのよ。な？」とアルフレードは言った。

それは午前二時で、僕らは酔っぱらっていた。家の中には他にも酔っぱらった連中がごろごろしていて、ステレオは大音量で鳴り響いていた。でもアルフレードは冷蔵庫の前に行ってドアを開け、いろいろと材料を取り出した。そしてドアを閉め、冷凍室をのぞきこんだ。そして包装された何かを見つけて取り出した。それから彼は調味料の棚をざっと点検した。流しの下のキャビネットから大きな平鍋を出した。それで準備完了だった。

牛の胃《トライプ》。まずトライプと一ガロンの水で始まった。それから彼は玉葱を刻んで、それを沸騰しはじめていた湯の中に放り込んだ。チョリソ・ソーセージを鍋の中に入れた。そのあとで干した胡椒の実を沸騰した湯の中にいれ、チリ・パウダーをさっさっと振った。次はオリーヴ・オイルだ。大きなトマト・ソースの缶を開け、それをどぼどぼと注ぎ入れた。にんにくのかたまりと、ホワイト・ブレッドのスライスと、塩と、レモン・ジュースを加えた。彼は別の缶を開け——皮むきとうもろこしだ——それも鍋の中に入れた。それを全部入れてしまうと彼は火を弱め、鍋に蓋をした。

僕はじっと彼を見ていた。アルフレードがレンジの前に立ってあれこれしゃべりながらメヌードを作っているあいだ——彼がいったい何をしゃべっているのかまったく理解できなかった——僕はそこに座ってがたがた震えていた。時々彼は首を振った。あるいは口笛を吹きはじめたりした。時折だれかがビールを取りに台所にやってきた。でもアルフレードはわきめもふらず真剣な目つきでメヌードを作りつづけた。まるでモレリア（メキシコ中南部の都市）の家に帰って、そこで家族のために新年のメヌードを作ってるみたいに。

人々はしばらく台所をうろうろして冗談を言ったりしたが、真夜中にメヌードを作っていることをからかわれても、アルフレードは冗談を言いかえしたりはしなかった。そのうちにみんなは僕らにはかまわなくなった。アルフレードがスプーンを片手にガスレンジの前に立ってこちらを見ている間に、僕はとうとうゆっくりと席を立った。台所を出てバスルームに行った。そしてバスルームのもうひとつのドアを開けて、客用の寝室に行った。そしてそのままベッドに横になり、眠り込んでしまった。目覚めたのは午後の遅くだった。メヌードはもうなくなっていた。鍋は流しの中で水につけられていた。連中がそれをすっかりたいらげてしまったに違いない！　みんなでたらふく食べてしまったのだ。家の中には人気はなく、しいんと静まりかえっていた。

そのあと僕はアルフレードに一回か二回しか会っていない。その夜を境にして、僕らの人生は別の方向を向くようになってしまったのだ。そこに居合わせた他の連中のその後なんて知るわけもない。僕はたぶんこのままメヌードの味も知らずに死ぬことになるのだろう。もちろん先のことはわからないけれど。

そしてまたこのざまだ。中年男が向かいの家の女房と深い仲になって、相手の女は亭主に怒りの最後通牒をつきつけられている。まったくたいした運命じゃないか。一週間だ、とオリヴァーは言った。それからもう三日だか四日だかが経っている。

ライトを点けた車が外を過ぎていく。空は灰色に変わりつつある。鳥が鳴きはじめている。いつまでもこんな風に待ちつづけることはできないぞ、と僕は心を決めた。無為に座しているわけにはいかない——それははっきりしている。じっと待ちつづけてなんかいられるもんか。僕は待って待って待ちつづけてきた。それでどうなった？

もうすぐヴィッキーの目覚まし時計が鳴り出すだろう。ベスが起きて学校に行く支度をするだろう。アマンダも目を覚ますだろう。近所の連中がみんな目を覚ます。

　裏のポーチで僕は古いブルージーンズとスウェット・シャツを見つけ、パジャマを脱いでそれに着替える。それから、白いキャンバス・シューズを履く――「ホームレス」シューズ、その靴をアルフレッドはそう呼んだものだった。おいアルフレッド、お前、今どこにいるんだよ？

　ガレージに行って熊手と庭用のごみ袋を何枚か見つける。熊手を手に家の正面に回って、さあ始めようとするとき、僕はこう思う。この問題に関しては、僕にはもう選択の余地なんてないんだと。あたりはもう明るくなっている。少なくとも、僕がやろうとしていることに不自由ないくらいは明るくなっている。それから、頭をからっぽにして、僕は熊手でうちの庭を掃きはじめる。隅から隅まで庭を掃く。とにかくきっちりやることが肝要なのだ。熊手を芝生の上に置いて、ぐいっと強く引っ張る。草にとっては、我々が髪をつかまれて思いきり引っ張られるのと同じような感じがするんだろうなと僕は想像する。時折、車が通りをやってきて、スピードを緩める。でも僕は手を休めて顔をあげたりはしない。車を運転している連中が考えていることはわかる。でもそんなの全然間違っている。彼らにはものごとの半分だってわかってやしないのだ。わかってたまるもんか。僕は幸せに落ち葉掃除をしているのだ。

僕は自分の庭の掃除を終えて、袋を縁石のところに持っていく。それから隣のバクスター家の庭掃除を始める。少しするとミセス・バクスターがバスローブ姿でポーチに出てくる。僕は彼女に挨拶しない。はずかしがっているわけでもないし、つんつんしたいわけでもない。僕はただ仕事の手をやすめたくないのだ。

彼女もしばらくは何も言わない。それから「お早うございます、ヒューズさん。御機嫌いかが?」と言う。

僕は仕事の手をやすめ、腕で額の汗を拭う。「もう少しで終わります」と僕は言う。「御迷惑だとは思いますが」

「いいえ、迷惑だなんて」とミセス・バクスターは言う。「どうぞ続けてくださいな」彼女の後ろの戸口のところにミスター・バクスターが立っているのが見える。彼はすでに仕事に行く格好をしている。ズボンに替え上着にネクタイ。でも彼はあえてポーチにまでは出てこない。夫人は夫の方を振り向く。夫は肩をすくめる。

まあいいさ、いずれにせよここは既にかたづけてしまった。まだ他に庭はある。あえて言うなら、もっと重要な庭が。僕は膝をついて、熊手の下の方をつかみ、最後の草を袋に入れ、その口を縛る。それからどうしようもなくなり、僕は熊手を手にしたまま芝生に膝をついて、そこにじっとしている。顔を上げると、バクスター夫婦が二人でポーチの階段を下りて、いい匂いのする湿った芝を踏みわけるようにして、こっちにゆっくりやってくるのが見える。彼らは数フィート離れたところで止まって、まじまじと僕の顔を見る。

「これはこれは」とミセス・バクスターが言うのが聞こえる。彼女はまだローブに室内履きという格好である。空気はぴりっと冷たく、彼女は喉のところできゅっと襟を合わせている。「まあ、すごく綺麗にしていただいてしまって」

僕は何も言わない。「どういたしまして」とも言わない。

彼らはしばらく僕の正面に立っている。三人ともそれ以上は何も言わない。まるでみんなで何かについての合意に達したといった様子で。そのうちに二人は家に戻っていった。ずっと上の古い楓の枝から――そこから枯れ葉が落ちてくるわけだが――鳥たちが互いに呼びあっている声が聞こえる。少なくとも僕の耳には彼らが呼びあっているように聞こえる。

突然車のドアの閉まるばたんという音が聞こえる。ミスター・バクスターが家の前に停めた車に乗り込み、窓ガラスを下ろしている。夫人がフロント・ポーチから何かを言い、夫はそれに対してゆっくり肯き、それから僕の方を見る。彼は僕が熊手を手にそこに膝をついているのを見る。ある表情が彼の顔を横切る。彼は眉をひそめる。だいたいの場合においてバクスターはまっとうでごくあたりまえの人物である。どこをとっても特別なところなんてない。でも今の彼は特別な人物である。少なくとも、僕の目から見れば特別だ。まず第一に、彼は一晩ぐっすりと眠っている。そして仕事に出かける前に妻を抱いている。しかもまだ出かけてもいないうちから、彼が何時に戻るか、奥さんにはすでにわかっている。そりゃまあ、彼が家に帰ることなんて些細な出来事だろう。しかしとにかく、それはひとつの出来事なのだ。

バクスターは車のエンジンをふかせる。バックでやすやすと道路に出て、ブレーキを踏み、ギヤをチェンジする。通り過ぎるときにスピードを緩めてちらっと僕の方を見る。彼はハンドルから片手を上げる。それは敬礼かもしれないし、あるいはもういいかげんにしろよという合図かもしれない。少なくとも何かの合図ではあるだろう。それから彼は顔を街の方に向ける。僕も立ち上がって、手を上げる。手こそ振りはしないけれど、それに近い動作をする。何台かの自動車が通り過ぎていく。そのうちの一人は僕の知合いらしい。警笛を短く親しげに鳴らしていくから。僕は左右を確認して通りを渡る。

象

Elephant

弟に金を渡したりしちゃいけないということはちゃんとわかっていた。こちらだってこれ以上誰かに金を貸したいと思っているわけでもない。でも弟から電話がかかってきて家のローンが払えないんだと言われたら、知らん顔はできない。私は彼の家の中に入ったこともないし（弟は千マイルも離れたカリフォルニアに住んでいる）、その家を見たことすらない。でもそうは言っても、弟が家をなくしてしまうというのはやはりまずい。弟は電話口でおいおいと泣いて、俺、これまでに一生懸命働いて手に入れてきたものを洗いざらい失おうとしてるんだ、と言った。ちゃんと金は返すからさ、と弟は言った。二月なら大丈夫、いや、もっと早く返せるかなあ。いずれにせよ三月をこえるってことはないよ。所得税の払い戻しがあるから、と弟は言った。それにさ、ちょいと投資にまわした金があってね、こいつが二月には満期になる。弟はその投資の内容についてはあまり多くを語りたがらなかったし、私もくわしくは訊ねなかった。

「俺のこと信用してよ」と弟は言った。「迷惑かけたりしないからさ」

弟は去年の七月から失業していた。彼の働いていたグラス・ファイバー断熱材を作る会社が従業員を二百人レイ・オフしたのだ。以来ずっと弟は失業保険で食べていたのだが、それももう切れてしまったし、貯金も底をついた。健康保険だってなくなってしまった。仕事に就いてないと健康保険もきかないのだ。十歳年上の女房は糖尿病で、医者通いを必要としていた。片方の車（女房の古いステーション・ワゴン）も売らなくてはならなかったし、一週間前にはテレビまで質入れした。そのテレビを抱えて質屋の並んでいる通りを行ったり来たりしたおかげで背中を痛めてしまったよ、と弟は言った。一番高い値をつけてくれる店を探してまわったからだ。結局誰かがそのでかいソニーのテレビに百ドル払ってくれた。弟はまずテレビの話をし、それから背骨のことを持ち出した。よほどの冷血漢でなきゃ頼みを断ったりはしないよな、とでも言わんばかりに。

「まったくもうお手あげだよ」と弟は言った。「で、兄貴ならなんとかしてくれると思ってさ」

「幾らいるんだよ？」と私は訊ねた。

「五百。もちろんもっと多いにこしたことはないよ。金なんて多すぎるってことはないもんな」と弟は言った。「でもさ、俺は現実的にものを考えたいんだ。五百ならちゃんと返せるよ。ぶちまけた話、それより額が大きくなると、返せるという自信はないかもしれない。なあ兄貴、俺だってこんなこと頼みたくないよ。でも兄貴が最後の頼みの綱なんだ。このままじゃ俺とアーマ・ジーンは遠からず宿なしの浮浪者になっちまうよ。大丈夫、迷惑かけたりしないから」と弟は言った。彼ははっきりとそのとおりに言ったのだ。一字一句違わず。

他の話もちょっと出た。だいたいは我々の母親と、彼女の抱えている問題についてだったが、話の本筋には関係ないので端折《はしょ》る。とにかく弟には金を送った。そうしないわけにはいかなかった。というか、まあそうするべきなのだろうという気がした、と言った方が近いわけだが、結果的には同じことだ。小切手と一緒に、この金はお袋に返してくれと書いた手紙を同封した。このお袋というのが貧乏で欲の皮のつっぱった女で、弟と同じ町に住んでいた。そして私はこの三年というもの、月に一度お袋に欠かすことなく仕送りを続けていた。でも貸した金を弟がお袋に直接返してくれたら、私もその首枷を外してちょっと一服できるかもな、とふと思ったのだ。まあ二ヵ月くらいはその金のことを忘れていられる。それに正直いって、弟だって私に返しそびれることはあっても、お袋相手ではそうもいかんだろうという思いもあった。弟とお袋は同じ町に住んでいてちょくちょく顔も合わせているのだから。要するに、こちらとしては保険のようなものをかけておきたかったわけだ。もちろん弟だって誠心誠意金を返すつもりではいるだろうが、世の中何が起こるかわからない。誠心誠意の前に何かがたちはだかるかもしれない。諺にいわく、遠くにいる者心も遠し。でもまさか母親の金を着服することはあるまい。いくらなんでもそこまではやるまい。

　何時間もかけてその手紙を書いた。誰が何をもらえて、何をしなければならないのか、全員が明確に理解できるように。お袋に何度か電話までかけてくわしく説明した。しかしそれを呑み込ませるのは簡単ではなかった。あのね、こういうことなんだよ、と私は逐一噛んでふくめるように電話で言い聞かせたが、お袋はそれでもまだ胡散臭そうだった。だからつまりだね、三月一日と四月一日のぶんの仕送りは僕のかわりにビリーが母さんに手渡すってことだよ、ビリーに金を貸したから、と説明した。お金は間違いなく母さんの手に入るから大丈夫、何も心配することないんだよ。ただその二ヵ月間は僕のかわりにビリーが母さんに仕送りぶんを渡すっていうだけさ。本来は僕が母さんに送る金を、ビリーが母さんに手渡す。だってビリーが郵送してきた金をこっちから母さんにまた郵送するくらいなら、あいつが直接母さんに渡したほうが話が早いじゃないか。だからさ、何も心配することないんだよ。お金は間違いなく母さんの手に渡る。ビリーが二ヵ月だけ僕のかわりに母さんに金を渡すってこと。ビリーは僕に借金があるから。やれやれ、いったいどれくらい電話代がかかったことやら。それに切手代。お袋にこう言っておいたからなと弟に手紙を書いたり、ビリーにこうしてもらってくれとお袋に手紙を書いたり、そんなことするかわりに、五十セントずつ貯めておけばよかったとつくづく思う。

でもお袋はビリーを信用していなかった。「ビリーにお金の工面ができなかったらどうするのさ？」とお袋は電話で僕に言った。「そうなったらどうするんだい？　あの子は今ひどいことになっているし、それについちゃ可哀そうだとは思うよ。でもね、あたしは念のために聞いておきたいんだよ。あの子がお金を用意できなかったらそのときはどうなるのかってことをね。どうなるんだい、もしそうなったら？」

「そういう場合は僕がちゃんと送金するさ。いつもどおりに」と私は言った。「もしビリーが金を払えなかったら僕が代わりに払うよ。でも大丈夫さ。あいつきっと払うよ。間違いないって本人が言ってるんだから間違いないだろうよ」

「あたしだって心配したくてしてるわけじゃない」お袋はそう言った。「でもやっぱり心配しちまうものなのさ。お前たち息子のことがまず心配だし、それから自分のことだって心配だよ。腹を痛めた子供があんなに落ちぶれることになろうなんて思いもよらなかったさ。父さんがこういうの見ずに亡くなったのがせめてもの慰めだよ」

　三ヵ月後、貸した金の中から弟は五十ドルをお袋に返した。あるいはそれは七十五ドルだったかもしれない。弟の話とお袋の話はまったく食い違っているのだ。でも五十ドルであるにせよ七十五ドルであるにせよ、どちらの言い分を信じるにせよ、とにかく弟は貸した五百ドルのうちからそれっぽっちしかお袋に返さなかったのだ。その不足分を私が穴埋めしなくてはならなかった。いつものように、ふうふう言いながら金を捻出しなくてはならなかった。弟は、本人の言葉を借りるなら、万策尽きていた。お袋が金をなんとかしておくれよという電話をかけてきたので、いったいどうしたんだと電話をしてみると弟がそう言ったのだ。万策尽きたよ、と。

　お袋はこう言った。「あたしはね、郵便屋さんに言ったんだよ、もう一度配達車の中をちゃんと調べておくれよ、息子からの手紙がシートの後ろに落っこちてるかもしれないからってね。それから近所にもきいてまわった。あたし宛の手紙がまちがって配達されてませんかってさ。ねえ、心配で心配で頭がどうにかなっちゃいそうだよ」そしてこう言った。「母親としていったいどう考えたらいいんだろう。この一件でいったい誰が本当にあたしのこと気遣ってくれてるんだい？」と母親は詰め寄った。

「ええ、どうなんだい？　お金はいつになったらもらえるんだよ？」

それで私は弟に電話をかけて、それが単なる遅延なのかあるいは正真正銘の破局なのか、真相を確かめてみることにした。しかしビリー自身の言によれば、彼は敗残者であった。もう完全にお終いだった。今から家を売りに出すところさ、と彼は言った。うるさいことは抜きにしてなるべく手早く処分してしまいたいというのが唯一の望みだ。家の中には売れるようなものは何ひとつ残っちゃいないからね。台所のテーブルと椅子以外は綺麗さっぱり売り払っちまった。「血でも売りたいくらいさ」と弟は言った。「でも俺の血なんて誰が買うかね？　俺の運からすれば、不治の病でもしょいこんでいるかもな」。当然のことながら投資というのは上手くいかなかった。電話でそのことを尋ねると、弟はあれ具体化しなくてな、としか答えなかった。税金の払い戻しも駄目だった。国税局は払い戻しにたいして保留権のようなものを行使した。「上手くいかんときゃ何もかも上手くいかんもんだね」と弟は言った。「悪かったな、兄貴。こんなことになるとは思いもよらなかったよ」

「わかってるよ」と私は言った。そして実際弟の言うこともよくわかった。しかしだからといって物事が万事うまく収まるというものでもない。事情がわかろうがわかるまいが私はとうとう弟から金を返してもらえなかったし、お袋も金を受け取れなかった。そして私は相変わらずお袋に仕送りを続けなくてはならなかった。

私はたしかにいささか頭にきた。そりゃ、こないわけがないだろう。弟に同情したし、不運に見舞われたことは気の毒だと思った。でも今では私自身がかなりの窮地に立たされているのだ。しかしこの先たとえ何があろうと、弟にまた借金を申し込まれるようなことだけはあるまい、と思った。そんな虫が良いことはできっこないだろうと。今にして思えば甘い考えだった。

私はせっせと身を粉にして働いた。朝早く起きて仕事場に行き、日が暮れるまでわきめもふらず働いた。帰宅すると大きな椅子にどっと身を投げ出し、そのままぼうっとしていた。全身が疲れ切っていて、気を取り直して靴紐をほどくまでにしばしの時間が必要だった。靴紐をほどくとまたそのままぼうっとしていた。立ち上がってテレビのスイッチを入れる気力さえなかった。

弟の置かれた境遇については気の毒だと思う。しかし私の置かれた境遇だってずいぶん大変なのだ。お袋の他にも何人かの人間の面倒をみなくてはならなかった。私には別れた女房がいて、彼女にも月々送金しなくてはならなかった。そういう取り決めだった。送金なんてしたくないけれど、裁判所でそう決められたのだ。それからベリンガムに娘がいた。二人の子持ちだったが、そっちにも毎月なにがしかの金を送らねばならなかった。小さな子供たちを飢えさせるわけにもいかない。娘には同居している男がいたが、こいつがどうしようもないだめなやつで、仕事をみつけようという気さえなかった。仕事を与えられても、長続きしない。一度か二度は仕事をみつけてきたが、寝過ごしたり、通勤途中で車が故障したり、さもなくば要領を得ないまま解雇されたりで、一巻の終わりだった。

　ずっと昔、荒っぽい生き方、考え方をしていた頃、私はそいつを捕まえて、お前なんかぶっ殺してやるぞと脅したことがある。でもそれはまあどうでもいい。当時私は酒浸りだった。そんなこんなで、その糞野郎はまだ娘にくっついていた。

　娘はよく手紙を書いてきた。私も子供たちもオートミールで命をつないでいます、云々。もちろん男だって飢えていたはずだが、手紙には男の名前を出さないほうが賢明だと娘にはわかっていたらしい。夏まででいいからお父さんに助けてほしいんです、そうすればいろんなことが好転するはずだから、と娘は書いていた。夏になれば確実に風向きは変わります。もしそれが全然うまくいかなかったとしても――いろんな手を打ってありますから、そんなことはありえないことですが、と娘は書いていた――ちゃんと頼みの綱はあります。家からそれほど遠くないところに魚の缶詰を作る工場があって、そこでならいつでも働くことができます。ゴム長靴をはき、ゴム引きのうわっぱりを着て、ゴム手袋をはめ、鮭を缶に詰めるのです。あるいはカナダとの国境で車の列を作って入国待ちしている人たち相手に、道ばたのスタンドでルート・ビアを売ることもできます。真夏の炎天下、車の中でじっとしてると喉が乾くものなんです。わかるでしょ？　冷たいものが飲みたくてがまんできなくなるんです。だから事態がどう転んでも、どんな仕事をすることになっても、とにかく夏になればなんとかなります、と娘は書いてきた。夏までもちこたえられれば。というところで私の出番が回ってくるわけだ。

生き方を変えなくてはならないとは自分でも思っている、と娘は書いていた。ほかのみんなと同じように自分の足できちんと立ちたいと思う。自分を犠牲者みたいに考えることもやめたい。「私は犠牲者なんかじゃないのよ」とある夜、電話口で娘は言った。「私は二人の子供とロクでなしの男と暮らしているごく当たり前の若い女なのよ。他の女たちと変わるところはないのよ。きつい仕事だって厭わないわ。私はただチャンスがほしいだけなの。世界に対して私が求めているのはただそれだけ」自分一人なら何とでもなる、と娘は言った。しかしチャンスがやってくるまで、幸運が扉をノックするまで、子供たちのことはなんとかしなくてはならない。子供たちはいつもおじいちゃんはいつ来るのと訊ねる。たった今も、子供たちはお父さんが去年ここに来たときに泊まったモーテルにあったブランコやらプールやらの絵を描いてる。でも夏のことは大丈夫、安心してくれていい。夏までもちこたえられれば、私の抱えている問題は上手くかたづくはず。状況も変わっているはず。間違いなく。そしてお父さんに少し援助してもらえたら、なんとか夏まで乗り切れる。「お父さんがいなかったら、私きっとどうしようもなかったと思うの」と娘は言った。そう言われると私の胸は張り裂けんばかりだった。うん、なんとか娘を助けてやらなくっちゃ。彼女をささやかなりとも助けられる立場に自分がいることが私は嬉しかった。少なくとも自分には仕事がある。娘やら他の家族に比べると私はそれなりにしっかりした職を手にしている。彼らにしてみれば私の暮らしなんて左団扇《うちわ》の安楽生活なのだ。

娘が頼んできただけの金を送った。娘に頼まれるたびに金を送った。そしてそうこうするうちに私は娘にこう言った。こんなことしているんなら毎月の月初めになにがしかの金を送金すると決めちゃったほうがいいんじゃないか。大した額は送れないけれど、何もないよりはあったほうがいいだろう。それはちゃんとあてにできる金だし、お前の金になる。お前と子供たちだけの金だ。というか、私としてはそうあってほしいと望んだわけだ。娘のあの糞ったれの男になんか、私の金で買ったオレンジ一個、パン一切れにだって触れてほしくなかったし、もしそうできる方法があるならそうしたかった。でもそんな上手い方法はない。私にできるのはとにかく娘に金を送ることだけだった。あの男がその金で買った卵やビスケットを腹一杯詰め込むことになるんじゃないかなんて気に病んだところでどうしようもないのだ。

　お袋と娘と別れた女房、この三人が私の収入におんぶしていた。弟は数に入れないで。でも息子もまた金を必要としていた。ハイスクールを卒業すると、彼は荷物をまとめて家を出て、東部の大学に行った。よりによってなんとニュー・ハンプシャーの大学に。いったいどこの誰が好きこのんでニュー・ハンプシャーくんだりの大学なんかに行くんだろうとは思うが、でも大学に行こうという人間が出てきたのはうちの家系でも女房のほうの家系でも初めてのことだったし、それもいいじゃないかとみんなは思った。私だって初めはそう思った。それが鮫にしゃぶられるみたいに金のかかることだなんて、思いもよらなかったのだ。息子は生活を維持するために銀行から金を借りまくった。息子は学校に通いながらアルバイトなんかしたくないと言った。まあ、そういう考え方は理解できなくはない。その通りだとさえ思う。働くのが好きな人間なんて何処にいる？　私だって好きでやってるわけじゃない。しかし息子がありとあらゆるところから借りられるかぎりの金を、三年生の一年間をドイツで過ごす資金やらを含めて借りまくってからは、私が仕送りをせざるをえないことになってしまった。

それも相当な額の金を。私がとうとう音を上げてこれ以上金は送れないと告げると、息子は返事をよこし、もし父さんがそうするつもりなら、もし本気でそう言ってるのなら、僕はドラッグの売人になるか、あるいは銀行を襲うか、とにかく生活費を手に入れるためにはなんだってやってやる、と言ってきた。僕が撃ち殺されたり刑務所に入れられたりしても知らないぜ、と。

結局わかった、金のことはもうすこし何とかしようという返事を書いた。それ以外にどうしようがある？　息子の不幸の責任を負いたくはなかった。自分の子供が刑務所に放り込まれたり、あるいは棺桶につめこまれたりするかもしれないなんて考えたくもなかった。それでなくてもこっちはいろいろと後悔の種を抱えているのだ。

これで四人になる。弟はまだレギュラー・メンバーじゃないから勘定に入れないで。やれやれ、考えるだけで頭がおかしくなりそうだ。そのことを私は一日くよくよと考えている。夜だってろくに眠れない。なにしろ自分の毎月の稼ぎの大半を仕送りに回しているのだ。こんな状態をいつまでも続けられないことは誰にだってわかる。天才じゃなくたって、経済学に精通してなくたって、そんなこと一目瞭然だ。そういう状況を乗り切るために私は借金をしなくてはならなかったし、そのせいで月々の支払いがまた増えた。

そんな次第で私は生活を切り詰めるようになった。たとえば外食をやめた。一人暮らしだから外食だと楽なのだが、それももう昔話になってしまった。映画のこともなるべく考えないようにした。服も買えなかったし、歯の治療にも行けなかった。車も崩壊寸前だった。新しい靴が買いたかったが、そんなことは夢の夢だ。

時々私は何もかもにうんざりして、みんなに脅しの手紙を書いた。名前を変え、仕事を辞め、オーストラリアに移住してやる、と。オーストラリアのことなんて何ひとつ知らなかったけれど、正直言って、オーストラリア行きのことは本気で考えていた。その国が地球の反対側にあるということくらいしか知らなかったが、それこそまさに私の求めている場所だった。

でもそんな話を持ち出しても、私がオーストラリアに行くなんて本気にするものは一人もいなかった。連中はがっちりと私の身をつかまえていたし、そのことをよく承知してもいた。私が八方ふさがりになっていることをみんなは知っていて、そのことで同情もしてくれた。でも月初めになるとみんなはちゃっかりと送金をあてにしていたし、結局私は机に向かって小切手を振り出す羽目になった。

オーストラリア行きをほのめかした手紙に対してお袋が返事をよこした。あたしはこれ以上お前のお荷物になりたくないとお袋は書いていた。脚の腫れが引いたらすぐに仕事を探しにいってみる。自分はもう七十五だけれど、ウェイトレスの仕事にならまた戻れるだろう、と。そんな馬鹿なことよしてくれ、と私は返事を書いた。母さんに援助できるというのは僕にとっちゃ喜びなんだからと。それは嘘ではない。お袋の役に立てるということ自体は嬉しかったのだ。こうなったら宝くじでも当てるしかない。

オーストラリア行きを口にするのは神経が参っているせいだということが娘にはわかっていた。私にはどこかで一息ついて気を取り直す必要があるのだ。そんなわけで、娘が手紙をよこした。季節が変わったら子供たちを誰かに預けて缶詰工場に働きに出ることにしました、と。自分はまだ若いし丈夫だし、一日十二時間から十四時間労働・週七日のシフトを問題なくこなせると思う。必要なのは、大丈夫やれると自分に言い聞かせることなのだ。自分を奮い立たせることなのだ。そうすれば体はそれについていく。あとはあてにできるベビーシッターをみつければいいわけだが、それが簡単ではない。普通のベビーシッターではつとまらないからだ。預かってもらう時間だって相当長いし、子供たちときたら毎日ポプシクルとかトゥッツィー・ロールとかM&Mとかそういうものばかりむしゃむしゃ食べているせいで、やたら落着きがないときてるんだから（子供ってみんなそういうお菓子が好きなのよね）。でもまあしっかりした人はなんとかみつけられると思う、と娘は書いていた。でもそのためにはまず長靴と服を買わなくてはならない――というわけでまた私の出番とあいなる。

父さんには申しわけないと思う、と息子が手紙を書いてきた。僕なんかこのまま死んでしまったほうがお互いのためだ、と。何かというと、息子がコカイン・アレルギー体質であることが判明したのだ。コカインを吸うと涙がぼろぼろと流れて、息が詰まる。ということはコカイン取引に必要な吸引テストができないということになる。そんなわけで、彼のドラッグ・ディーラーとしてのキャリアは開始を前にしてすでに終止符を打たれてしまった。どうしようもない、と息子は書いていた。頭に一発弾丸を打ち込んでけりをつけてしまいたい。あるいは首をくくった方がいいかもしれない。そうすれば銃を借りてくる手間もかからないし、弾丸代だって節約できる。とんでもない話だが、とにかく息子の手紙にはそう書いてあった。手紙と一緒に写真が入っていた。去年の夏、海外研修プログラムでドイツに行った折に誰かに撮ってもらった写真だ。息子は大きな樹の下に立っている。その頭上二、三フィートのところにがっしりとした太い枝が垂れ下がっている。写真に写った息子はにこりともしていなかった。

別れた女房からはひとこともなかった。何を言う必要もないのだ。たとえ僕がシドニーに行ったところで、月初めになれば自分のところに金が届くということがわかっていたからだ。もし届かなかったら、弁護士に電話をかければいい。

五月初めの日曜の午後に、弟が電話をかけてきたとき、私の人生はまさにそういう状況にあった。その午後、窓は開けっぱなしになって、気持ちのいい風が家の中を吹き抜けていた。ラジオがかかっていた。家の裏手の丘の斜面には花が咲き乱れていた。でも電話口で弟の声を聞くと、じっとりと汗が滲み出てきた。例の五百ドルのことで口論して以来、弟からはまったく音沙汰がなかった。だから弟が電話をかけてきて、また金を無心するなんて夢にも思わなかった。でもいずれにせよ私は汗をかき始めていた。どう、元気？　どんな具合？　と弟が訊くから、私は仕送りの話をとうとうとまくし立てた。オートミールの話をし、コカインの話をし、缶詰工場の話をし、自殺やら、銀行強盗やら、映画にもいけず外食もできないという話をした。靴に穴まであいてるんだぞと言った。別れた女房には延々と金を払い続けているし、と。そんなことは弟だってもちろん承知していた。こっちの言うことひとつひとつ弟はあらためて聞くまでもなく承知していた。それでも弟はそいつはいけないなあといちいち同情してくれた。私は話しつづけた。どうせ料金向こうもちの電話なのだ。しかし弟が話しているときに、ふとこう思った。おいビリー、お前にどうしてこの電話代が払えるんだ、と。そして私にはわかった。どうせ自分がこれを払うことになるんだということが。そうなるのはもう完全に時間の問題なのだ。

窓の外に目をやった。空は青く、白い雲が二つ三つ浮かんでいた。鳥が何羽か電線に止まっていた。私は服の裾で顔の汗を拭った。それ以上言うべき言葉もなかった。ふと口をつぐみ、窓の外に見える山を何も言わず眺めていた。すると弟はすかさず話を持ち出してきた。「こういうのって、本当に言いにくいんだけどさ……」そう言われると、私の気分はずるずると底なし沼に沈みこんでいった。頼みというのはこういうことなんだと弟は続けた。

今回は千ドルだった。千ドル！　弟の財政状態はこの前より更に悪化していた。いろいろと細かい説明をしてくれた。借金取りが玄関に来ていること——玄関にだぜ！と弟は言った——あいつらが拳でどんどんどんとドアを叩くと、窓ががたぴし震え、家が揺れるんだよ。どん、どん、どんってさ。逃げ場がないんだ。家をねこそぎ持っていかれちまいそうだよ。なあ助けてくれよ、兄貴。

千ドルなんていったい何処で手に入れられるっていうんだ？　私は受話器をぎゅっとにぎりしめ、窓に背を向けて、こう言った。「そんなこと言ったって、お前このあいだ貸したぶんだって返してないじゃないか。どうなったんだよ、あれは？」

「あれ、返さなかったっけな?」と弟はとぼけて言った。「そうだっけ、返したと思ってたんだけど。とにかくちゃんと返すつもりではあったんだ。返そうとはしたんだよ。嘘じゃないよ」

「お袋にあの金をまわすってことになってたろう」と私は言った。「でもお前は渡さなかったし、おかげでこっちはいつもどおりお袋に月の送金をしなくちゃならなかった。これじゃもう泥沼みたいじゃないか、ビリー。一歩前に進んだかと思ったら、二歩後退だ。どんどんおちぶれていく。お前がおちぶれてるのはわかるけど、俺までそこに引きずり込んでくれるな」

「だから少しは返したさ」と弟は言った。「これだけは言わせてよ。ちょっぴりではあるけれどちゃんと金は渡したよ」

「五十ドルしかもらってないってお袋は言ってたぞ」

「まさか」と弟は言った。「俺、七十五ドル渡したよ。お袋は別口で渡した二十五ドルのこと忘れてるんだ。お袋の家まで行って、十ドル二枚と五ドル一枚ちゃんと渡したもの。お袋が忘れちまってるんだ、それは。頭がぼけちまってるんだよ、お袋。それでだなあ」と弟は言った。「今回は間違いなくきちんとやる。神かけて。これまでの借りを合計して、それを今度借りる分にプラスしてくれ。その合計分の小切手をそっちに送る。つまり小切手を交換するわけさ。ただし俺のほうの小切手は支払いを二ヵ月だけ待ってもらいたい。俺が頼むのはそれだけだよ。その二ヵ月の間になんとしてもこのどん底から這い上がる。兄貴は金を回収する。七月一日、ばっちり間違いなし。ちゃんと返す。今度の今度は本当に大丈夫。少し前にアーマ・ジーンが叔父さんから相続したちょっとした土地があってさ、今それを売り払う段取りをしてるんだが、これがもう売れたも同然でね、話はついてるんだ。細かいところを詰めて、あとはサインするだけって感じだ。それに加えて、仕事のほうもやっと見つけた。確実なんだよ、これ。毎日五十マイル往復運転しなくちゃならないんだが、そんなの屁でもない。お安いご用だ。必要とあらば一日百五十マイルだろうが喜んで運転するさ。二ヵ月あれば金はしっかり手に入る。七月の一日には耳を揃えてきちっとお返しする。大船に乗ったつもりでまかせてくれ」

「なあビリー、お前のことは大事に思ってるよ」と私は言った。「でもな、こっちはこっちでお荷物抱えて生きてるんだ。そしてここんところそのお荷物がひどく重いんだよ。お前にもそのことはわかってると思うけど」

「わかってるさ、それは。だから迷惑はかけないって言ってるんじゃないか。名誉にかけて誓うよ。今度のことについては百パーセント俺を信用してくれ。俺の小切手は二ヵ月後には間違いなく有効になってるから。二ヵ月だけでいいんだよ。なあ兄貴、他に頼る相手いないんだ。兄貴が最後の頼みの綱なんだ」

やれやれ、私は言われた通りにした。びっくりしたことには、私にはこれでもまだ信用があるらしく、銀行は金を貸してくれた。その金を弟に送った。二枚の小切手が郵便で交換された。弟の送ってきた小切手を私は台所の壁に画鋲でとめた。カレンダーと、樹の下に立った息子の写真の隣に。そして時が来るのを待った。

私は更に待ち続けることになった。取り決めた日には小切手を現金化しないでくれと弟は手紙に書いてきた。もう少しだけ待ってくれ、と。ちょっとした問題がもちあがったのだ。決まっていたはずの仕事の口がどたんばになって潰れてしまった。それがまずひとつ。それから女房の持っている小さな土地も結局売られずじまいだった。直前になって女房が気を変えて土地は売らないと言いだしたのだ。先祖代々の土地だからということで。俺にはなんともしようがないんだ、と弟は言った。だってあれ女房の土地だしな、俺が何と言おうとあいつ首を縦に振らない。

次は娘が電話をかけてきた。彼女のトレイラーに泥棒が入って身ぐるみ剝がれてしまったのだ。家財道具一切。缶詰工場に出勤した初日、帰宅してみると家具と名のつくものがきれいさっぱりなくなっていた。座ろうにも椅子がない。ベッドもない。ジプシーみたいに床で寝なくちゃならない、と娘は言った。

「あの何とかさんという男はそのあいだ何してたんだね？」と私は訊いてみた。

その日は朝早く職探しに出ていったのよ、と娘は言った。友達と一緒にいたんだと思うわ。実を言うと、その犯行があったときに彼がどこにいたのかはわからないし、そればかりか今どこにいるかもわからないの。「川の底にでもいてくれるといいわ」と娘は言った。空き巣の入ったとき、子供たちはベビーシッターのところにいた。でもとにかく、中古家具買うお金貸してくれない、最初のお給料から返せると思うから、と娘は言った。週のうちにお金が手に入ったら——電信扱いなら着くと思うんだけど——どうしても必要なものは揃えられるんだけどな。「自分の場所が荒らされるなんて、まるでレイプされちゃったみたいだわ」と娘は言った。

息子がニュー・ハンプシャーから手紙をよこした。何があろうとヨーロッパに戻らなくてはならない。自分の人生は重大な局面に直面している。夏の学期が終わると大学を卒業することになるが、そのあと一日たりともアメリカに留まりたくない。ここは物質主義者の世界だし、そういうものに屈したくはない。ここにいる奴らは口を開けば金の話だし、つくづく嫌気がさした。自分はヤッピーじゃないし、そんなものにはなりたくもない。何があろうと。これが最後の頼み、と息子は書いていた。ドイツ行きの飛行機の切符代さえ貸してくれたら、このさき父さんには二度と迷惑かけないから。

　別れた女房からは何の連絡もなかった。連絡をとる必要もないのだ。どちらもそれぞれの立場をきちっと理解していたから。

　お袋が手紙を書いてきた。厚手のストッキングも買えないし、髪だってもう染められない。今年こそ万一に備えて少しお金を貯めようとしているのだが、それも思うにまかせない。なかなかうまくいかないものだね。「お前のほうはどうだい？　他のみんなは元気かい？　とにかく元気で暮らしておくれ」

　私はまたさらに小切手を郵送した。そして息をつめてじっと待った。

　そんな頃、ある夜に私は夢を見た。正確に言うと二つ夢を見た。一晩にだ。最初の夢の中では父親がまだ生きていて、私を肩車してくれていた。私は五歳か六歳の子供だった。さあ、ここに乗れよと父さんが言った。そして私の両手をつかんでひょいと肩にかつぎあげた。私は地上高く上げられたが、怖くはなかった。父さんは私をしっかりとつかまえていた。我々は互いの体をしっかりとつかんでいた。それから父さんは道を歩き始めた。私は父さんの肩をつかんでいた手を放して、おでこにしがみついた。髪をくしゃくしゃにするなよ、と父さんは言った。つかまらんでもいい、ちゃんと落っこちないように持っててやるから。そう言われて気がついた。父さんの手が私の足首をぎゅっと強く握ってくれていることに。私は両手を放し、横に広げた。そしてバランスを取るためにずっとそのままの格好でいた。父さんは私を肩車したまま歩き続けた。私は象に乗っているつもりだった。どこに行くところだったのかはわからない。買い物に行くところだったのか、ブランコに乗りに公園にでも行くところだったのか。

　そこで目が覚めた。ベッドを出て、便所に行った。外はもう明るくなりはじめていた。起きなくてはならない時刻まであと一時間そこそこしかなかったので、コーヒーを作り服を着替えようかとも考えたが、結局思いなおしてベッドに戻った。眠るつもりはなかった。しばらくそこに横になって、首の後ろで手を組み、夜が明けていくのを眺めながら父さんのことでもちょっと考えてみようかというつもりだった。もうずいぶん長いあいだ父さんのことなんて考えたこともなかったものな。眠っているときも起きているときも、父はもう私の人生とは関わりを持たない存在になっていた。まあいずれにせよ私はベッドに戻った。でも一分もたたないうちにまた眠りこんでしまった。そして別の夢を見た。夢には別れた女房も出てきたが、夢の中では我々はまだ結婚していた。子供たちも出てきた。子供たちはまだ小さく、ポテトチップスを食べていた。ポテトチップスの匂いもしたし、食べるときのぱりぱりという音も聞こえた。我々はどこかの水辺にいて、毛布の上に座っていた。夢の中ではみんなとても気持ち良く充足していた。それから突然私は見知らぬ人々の中に混じっていて、気がつくと息子の乗った車の窓を蹴破って、てめえ殺してやると怒鳴っていた。ずっと昔に一度その通りのことをしたことがあるのだ。私の靴がガラスを砕いたとき、息子は車の中にいた。そこで目が覚めた。目覚まし時計が鳴っていた。私は手を伸ばしてベルを止め、しばらくそのまま横になっていた。心臓がどきどきしていた。二番目の夢の中で私は誰かに勧められるままにウィスキーを飲んでいたのだ。夢の中でそのウィスキーを飲んだということが何よりも私をぞっとさせた。世の中でウィスキーを飲むくらい恐ろしいことはない。あれは本当に最悪・最低のことだ。ウィスキーを飲むことに比べたら、他のなんだってみんなピクニックみたいなものだ。私は気を静めるためにそこにもうしばらくじっとしていた。それから起き上がった。

コーヒーを作り、窓の前の台所のテーブルに座った。小さな円を描くようにテーブルの上でコーヒーカップを動かし、オーストラリア行きのことをもう一度真剣に考えてみた。そうこうするうちに突然、自分がオーストラリアに行っちまうぞと家族を脅したときに彼らがどう感じたかということがわかった。最初はショックだったに違いない。少し脅えたかもしれない。でもみんな私がどういう性格であるかをよく知っているから、やがてげらげら笑い出したことだろう。みんなの笑いを想像すると、私も笑いださないわけにはいかなかった。はっはっは。私はきちんとその通りの笑い方をしたのだ。テーブルの前で笑い方の教科書でも読んでるみたいに。はっはっは、と。

オーストラリアなんかに行って、いったい何をするつもりなんだ？　もともとオーストラリアに行くわけなんてなかったのだ。それはティンブクトゥ（マリ共和国中部、ニジェール川付近の町）やら月やら北極点に行きっこないというのと同じくらいありえないことだった。そう、オーストラリアになんてこれっぽっちも行きたくなかった。でもそれがわかってしまうと（オーストラリアだろうがどこだろうが、とにかくどこにも行かないんだということがはっきりすると）、気分が良くなってきた。もう一本煙草に火を点け、もうちょっとコーヒーを飲んだ。コーヒーのミルクが切れていたが、それも気にならなかった。一日くらいコーヒーにミルクを入れなくたって死ぬわけじゃない。ほどなく私は弁当を詰め、魔法瓶を一杯にして、ランチ・ボックスの中に入れた。そして家を出た。

気持ちのいい朝だった。町の背後に聳える山並みの上に太陽が輝いていた。鳥の群れが谷を渡っていった。面倒だったので家の鍵はかけなかった。娘にふりかかった災難のことを思い出したが、考えてみれば盗まれて困るようなものなんてうちにはない。これなしには生活できないというものがないのだ。テレビはあるが、テレビなんかもううんざりしている。泥棒が入って持っていってくれたら、拍手したっていいくらいだ。

けっこう気分がいい。仕事場まで歩いて行くことにした。それほどの距離ではないし、時間だってたっぷりとある。もちろん歩けばガソリン代が少しは節約できるが、それが一番の理由ではなかった。なんと言っても季節は夏だ。そしてもうじき夏も終わろうとしている。考えてみれば、夏はいろんな人々の運が変わる季節になるはずだった。

私は道路沿いに歩き始めたが、何かのきっかけで息子のことを考え始めた。たとえどこにいるにせよ、元気でやれよな、と私は思った。もうドイツに戻っているなら――戻っているはずなのだが――そこで幸せに生きてほしかった。息子はまだ新しい住所を知らせてきてはいないが、きっと早晩何か言ってくるに違いない。それから娘。神よ、彼女を愛し護りたまえ。あの子もうまくやってほしいものだ。今夜娘に手紙を書こう。お前のことを応援しているよ、と。お袋もまあそこそこに健康で生きているし、これもまた有り難いことだ。何もなければ、もう少しは長生きできるだろう。

鳥がさえずり、車が何台かわきを通り過ぎていった。弟にも幸運が訪れるように、と私は思った。どこかから金が入ってくるといいね。もしそうなったら、俺の金返してくれよな。そして私の昔の女房、かつて深く愛した女。彼女も元気で、うまくやっているらしい。話によれば。彼女も幸せであってほしい。結局のところ、私はこう思う。もっとひどいことにだってなりかねなかったんだ、と。今のところ、いまさら断るまでもないことだが、みんなそれぞれいろいろとひどい目にあっている。とにかくツキから見放されている。でもツキももうすぐ変わる。たぶん秋になれば物事は好転していくだろう。改善の余地はいっぱいあるもんな。

私は歩き続け、口笛なんかも吹いた。口笛くらい吹いたってかまわんだろうと思った。両手をぶらぶらと振ったが、ランチ・ボックスを提げているせいで、上手くバランスが取れなかった。ランチ・ボックスの中にはサンドイッチとりんご、クッキーが少し入っていた。それからもちろん魔法瓶。「スミッティーズ」の前で歩を止めた。「スミッティーズ」は砂利敷きの駐車場のついた古いカフェで、窓は板張りしてある。窓には思い出せないくらい昔からずっと板が打ちつけてある。私はランチ・ボックスをちょっと下に置くことにした。手ぶらになると、両手を肩の高さに水平に上げた。そしてそんな間の抜けた格好のままそこにじっと立っていた。誰かがクラクションを鳴らし、ハイウェイから駐車場に車を乗り入れてきた。私はランチ・ボックスを拾い上げて車のところに行った。ジョージという仕事仲間だった。彼は腕を伸ばして、助手席のドアを開けた。「ようˎ乗ってけよ」と彼は言った。

「やあ、ジョージ」と私は言った。私は車に乗って、ドアを閉めた。砂利をぱちぱちとはねながら車が動き出した。

「見ちゃったぞ」とジョージは言った。「ばっちりと見ちゃったぜ。あれトレーニングだろ？　何のトレーニングかは知らんけど」彼は私の顔を見て、それからまた道路に視線をもどした。車はスピードを出していた。「あんた、いつもあんな風に両手上げて道を歩いてるのか？」彼ははっはっはと笑ってエンジンを吹かせた。

「たまにな」と私は答えた。「気が向くとさ。でも歩いてたんじゃない。俺じっと立ってたんだぜ」そして煙草に火を点け、シートにもたれた。

「で、調子どう、最近？」とジョージが訊いた。彼は葉巻を口にくわえたが火は点けなかった。

「まあぼちぼち」と私は言った。「おたくは？」

ジョージは肩をすくめた。それからにやっと笑った。車はすごいスピードを出していた。風が車に当たって、窓の外でひゅうひゅうと音を立てていた。まるで遅刻ぎりぎりみたいな飛ばし方だった。でもそんなに急がなくたって時間はたっぷりある。私はジョージにそう言ってみた。

それでも彼は飛ばし続けた。ハイウェイのランプを過ぎ、そのままどんどん進んだ。山並みをめがけてまっすぐに進むという格好になった。彼はくわえていた葉巻をシャツのポケットに戻した。「俺な、ちょっと借金してこのベイビーをオーバーホールしたんだ」と彼は言った。それから彼は、いいか見てろよと言った。彼は車にがんと蹴りを入れて、目いっぱい飛ばした。私はシート・ベルトを締め、しっかりとしがみついた。「さあ行け」と私は言った。「遠慮なくビュンビュン飛ばせよ、ジョージ」まったく空を飛んでいるみたいだ。風は窓の外でびゅううんとうなっていた。ジョージがアクセルを床まで踏み込むと、車は全速力でつっ走った。我々はその代金未払いの大型車に乗って、稲妻のごとく道路を疾走していた。

ブラックバード・パイ

Blackbird Pie

ある夜、部屋にいるときに、廊下に物音が聞こえた。仕事の手を休めてそちらに目をやると、ドアの下から封筒が差し込まれるのが見えた。封筒はかなり厚かったが、でもドアの下をくぐり抜けられないほど厚くはなかった。封筒には私の名前が書いてあり、その中には私の妻からの手紙に見せかけたものが入っていた。「見せかけた」と私が言うのは、たとえその苦情不満が、二十三年間にわたって起居をともにし、私のことを間近に観察していた人間からしか発せられない種類のものであったにせよ、それでもやはり、そのような申し立ては常軌を逸したものであり、また妻の性格にもまるっきりそぐわないものであったからだ。しかしながらここでいちばん重要なのは、それが妻の筆跡ではなかったということだ。でもそれが彼女の筆跡でないとしたら、いったい誰の筆跡なのだ。

その手紙を手元に取っておけばよかったと思う。そうすれば、最後のコンマまで、情け容赦のない感嘆符まで、ここにそっくり再現することだってできたのに。私が言っているのはその手紙のトーンのことであって、内容のことだけではない。しかし残念ながら、私の手元にはその手紙はない。紛失したか、あるいはどこかに仕舞い込んでしまったかだ。あとになって（今から述べようとしているごたごたのあとで）、私は机の引き出しの中のものを全部整理したのだが、そのときにうっかり捨ててしまったのかもしれない。どんなものでも捨てずに取っておくという私の性格からすれば、ちょっとあり得ない話なのだけれど。

それはともかく、私は記憶するのが得意だ。何か文章を読んだら、それをそっくりそのまま再現することができる。記憶力に優れていたせいで、私は学校ではよく賞をもらったものだ。名前や日付や発明や戦争や条約や同盟やら、そういうものを暗記する能力が備わっていたからだ。私はその手の暗記テストではいつもトップだったし、学校を出ていわゆる「実社会」に入ってからも、記憶力は大きな助けになった。たとえば今この場で、トリエント公会議やら、ユトレヒト条約やらについて、あるいはハンニバルの敗北のあとローマに完璧なまでに破壊されたカルタゴ（ローマの兵士たちはその土地がもう二度とカルタゴと呼ばれることのないように、地面に塩を混ぜた）について詳細を述べよと言われたら、私はすらすらと話すことができる。七年戦争や、三十年戦争や、百年戦争や、あるいは第一次シレジア戦争についてでもいいけれど、そういうことについて話してくれと言われたら、自信を持って、熱をこめて話をすることができる。タタール人やら、ルネッサンス時代の法王やら、オスマン帝国の盛衰やら、なんだって尋ねてほしい。テルモピレエ、シロ、マキシム砲。簡単だ。タンネンベルク？　そんなものは朝飯前のブラックバード・パイ、王様の前に出された二十四羽というやつだ（解題参照）。アジャンクールの戦いでは長弓が英国軍に勝利をもたらした。もうひとつ。みなさんはレパント海戦のことを耳にされたことがあるだろう。奴隷船によって戦われた最後の大がかりな海戦だ。この衝突は一五七一年に東地中海で起こった。欧州のキリスト教国家の連合海軍が、悪名高いアリ・ミュエーザン・ザーデ（この男は囚人たちが刑場に連れ出される前に、自分の手でその鼻をそぐことを好んだ）に率いられたアラブ人の部族を押し返したときに起こったのだ。しかしセルバンテスがこの戦いに参加していて、戦闘の際に左手を切り落とされたということをあなたは果たして覚えておられるだろうか？　さらにもうひとつ。ボロディノの戦いにおいてフランス軍とロシア軍は、一日で両軍合わせて七万五千人にのぼる戦死者を出した。満席のジャンボ・ジェットが、朝食の時間から日暮れまで三分おきに墜落するのと同じだけの数の戦死者が出たということになる。クトゥーゾフは軍隊をモスクワに向けて撤退させた。ナポレオンはほっと一息ついて、部隊を立て直し、前進をつづけた。彼はモスクワの中心部に進軍して、そこに一ヵ月留まった。クトゥーゾフが引き返してくるのを待っていたわけだが、クトゥーゾフは結局姿を見せずじまいだった。ロシアの総司令官は降雪と結氷の季節が到来するのを、そしてナポレオンがフランスへの撤退を開始するのを待っていたのだ。

私の頭には記憶が詰まっている。私は隅なく覚えている。だから私が手紙を——私の読んだ部分、つまり私に対する告発がずらりと並んでいる部分を——そのまま再現できると言うとき、そこには何の誇張もないわけだ。

部分的にではあるが、手紙の内容はこういうものだった。

事態はおもわしくありません。というかひどい有り様です。事態はどんどん悪化しています。私が何のことを言っているのか、あなたにもわかっているでしょう。私たちは来るべきところまで来てしまったのです。私たちのあいだはもうおしまいです。それでもやはり、そのことについて二人でじっくり話し合うことができたらよかったのにと思わずにはいられません。

二人で話し合ったことなんて、もうずいぶん長いあいだありません。私が言っているのはまともに話をするということです。結婚をしたあとだって、私たちはよくきりもなく話をしたものです。こんなことがあった、自分はこんな風に思うと、お互い意見を言い合ったものです。子供たちが小さいときには、いや子供たちがずっと大きくなってからだって、私たちはなんとか暇をみつけては話をしたものです。その頃になると、まあ当然のことながら、暇をみつけるのは簡単ではなくなってきました。でも私たちはなんとか時間をやりくりしたものです。というか、私たちは時間を無理にでも作ったのです。私たちは子供が寝てしまうのを待たねばなりませんでした。あるいは子供たちが外で遊んでいるときに、あるいはベビーシッターが面倒をみているときに。でも私たちはなんとか時間を作ったのです。ときにはただ二人で話をするという目的のために、わざわざベビーシッターを頼んだのです。ときには私たちは朝が来るまで、夜を徹して話し合いました。でもまあ、いろんなことが起こります。物事は変わります。ビルは警察と例の問題を起こすし、リンダは妊娠してしまうし、あれやこれや。私たち二人の静かな時間はどこかに吹き飛んでいってしまいました。そして少しずつ、あなたは重い責任を背負うようになっていきました。あなたの仕事はより重要性を増していき、私たちが二人でいる時間はどんどん縮められていきました。やがて、子供たちが家を出ていってしまうと、私たちが二人で話せる時間がもどってきました。私たちは二人だけの生活にもどりました。なのに、私たちが話し合うべき話題はもうろくすっぽありません。「そういうことはある」と何処かの偉い人が言うのが耳もとで聞こえるようです。まさにそのとおり、そういうことはあるのです。問題はほかならぬ私たちの身にそれが起こっているということです。いずれにせよ、私は責めているのではありません。文句なんか言ってはいません。責めようと思ってこの手紙を書いているわけではありません。私は私たちについて語りたいのです。私は今について語りたいのです。いいですか、あり得べからざることが起こってしまったのだと認めなくてはならないときがここに来たのです。白旗を上げるべきときが。頭を垂れるべきときが。あるいはまた――

私はここまで読んで、読むのをやめた。何かが変だ。デンマークでは何かが胡散臭い。この手紙の中で表現されている心情はあるいは妻のものであるかもしれない（たぶん妻のものだったのだろう。よろしい、それらの心情は実際に妻のものだったとしよう）。しかしその筆跡は妻の筆跡ではなかったのだ。私には当然それくらいはわかる。彼女の筆跡に関しては、私は権威であると言って差し支えない。そして、もしそれが彼女の筆跡でなかったとしたなら、その手紙はいったい誰の手によって書かれたのだ？

我々二人について、また、ここでの我々の生活について、少し説明をしておいた方が良いだろう。この話の当時には、我々は夏の別荘に住んでいた。私は病気からやっと回復したところだった。私はその病気にかかったおかげで、春のあいだに仕上げてしまえればと思っていた仕事のあらかたが片づかないままになっていた。家の三方は草地や白樺の木立や、低くなだらかな丘陵に囲まれていた。パノラマのごとき絶景――というのが電話で物件説明をしたときの不動産屋の台詞だった。家の正面にはぼさぼさに繁った芝生の庭があるが、こうなったのは私が手を抜いているからだ。それから砂利敷きの長い車まわしの道があって、これが表道路に通じている。道路の向こうには山々の屋根が見える。詰まるところ「パノラマのごとき絶景」というのは、遠くから見ている限り見事という景色のことなのだ。

妻はこの土地には誰も知合いがおらず、我々を訪れてくる者もいなかった。正直に言うと、私にはこのような孤立が嬉しかった。しかし妻は友達との交際やら、店の店主や配達人とのやりとりやらに馴れ親しんだ女だ。ここに来てからは、我々はお互いのほかに頼る相手もないということになったわけだ。遠い昔であれば、田舎の一軒家の生活は我々にとって理想的だったはずだ――我々はそういう状況を大歓迎したことだろう。でも今になって思うに、それは間違った選択だった。実に間違っていた。

二人の子供たちはどちらももうずっと前に独立して家を離れていた。時々は彼らから手紙が来た。そしてごく稀に、まあたとえば正月みたいなときにだが、電話がかかってくることもあった。もちろんコレクト・コールでだ。でも妻は喜んで料金の支払いを承諾していた。私は思うのだが、子供たちがこのように一見よそよそしくなったことが、妻が悲嘆と不満に明け暮れるようになったいちばんの原因ではないだろうか。その不満については、夏の別荘に来る前から、私もうすうす気づいてはいた。いずれにせよ、ショッピング・モールがすぐ近くにあって、バスがその辺を走り回っていて、廊下に電話でもかけにいくくらいの気楽さでタクシーがひろえて、という生活を長年送ってきたのに、突然田舎に放り込まれたのだから、妻にとっては辛いことであったに違いない。すごく辛いことだっただろう。彼女の衰退は――歴史家ならそういう言葉を使うかもしれない――我々の田舎への転居によって促進された。そのあとで妻は歯止めが取れてしまったのだ。もちろんこういうのは後になってから思い返して「そういえばこうだったんだな」と言えることであって、実際のその場ではなかなか実相がつかめないものである。

この筆跡云々に関しては、私にもそれ以上なんとも言いようがない。これ以上何かを言っても、話がますます信憑性を失っていくだけだろう。我々は二人きりでその家にいた。他には誰も――もちろん私の知るかぎり誰もということだが――いなかった。その手紙を書くことができる第三者はそこにはいなかったのだ。でも今日に至るまで私は確信している。その何ページにもわたる手紙を埋めていたのは妻の筆跡ではないということを。妻の筆跡なら結婚する前からずっと目にしていたのだ。我々の、いうなれば「前史時代」から。まだグレーと白の制服を着て、遠く離れた学校に通っていた少女時代から。二年間にわたって離ればなれになっていたあいだ、彼女は毎日のように私に手紙を書いてきた（夏休みや冬休みは別にして）。長年にわたるつきあい――これには別々に暮らしていた時期や、仕事やら入院やらで離ればなれになっていた短い時期も含まれている――のあいだに、ざっと見積もって（あくまで控えめな見積もりだが）、千七百通から千八百五十通くらいの手書きの手紙を彼女から受け取ったと思う。もちろんここには幾千にも及ぶ簡単なメモのようなもの（「帰りに洗濯屋さんに寄って服を取ってきて。それからコルティ・ブラザーズでスピナッチ・スパゲティーを少し買ってきて」）は入っていない。彼女の筆跡なら、世界じゅうどこにいたって私には見分けられる。ほんの短い文章でいい。たとえヤッファだかマラケシュだかの市場に私がいて、そこでメモを一枚拾ったとしても、私はそれが妻の筆跡かどうか迷いなく断言できる。単語ひとつしか書かれていなくたってちゃんとわかる。たとえばこの「話し合った」という一言だってかまわない。彼女は絶対にそんな風に「話し合った」という字を書きはしない！　でももし妻の筆跡じゃないとしたら、いったいそれは誰の筆跡だったのだろう。私には匙を投げるしかない。

それから妻は絶対に単語の下に強調のアンダーラインを引かない。絶対にだ。彼女がそういうことをした例を私はひとつとして思い起こすことができない。これだけ長く夫婦として暮らしていながら、一度もないのだ。結婚前に受け取った手紙については言うに及ばずだ。でも、だからといって絶対にそういうことが起こらないとは言えないじゃないかという意見もあるだろうし、それはまあ妥当な意見だと私も思う。つまり何か特殊な状況にあっては（そこで緊張を強いられていたりしたなら）、ふと気がつくといつもなら自分がまずやらないことを、たとえば知らず知らずのうちにひとつの単語の下に、あるいはまたひとつのセンテンス全体の下に、ふと線を一本引いてしまっていたというようなこともあるいはあるかもしれない。結局のところ、線なんて一本すっと引けばいいだけのことなのだから。

私はその手紙を全部は読まなかったし、手元にないから、読もうと思ってももう読むことはできないわけだけれど、自分の読んだ部分についていうならば、この手紙のすべて一語一語にいたるまで、まったくの偽物だと言って差し支えないと思っている。偽物と言っても、そこに書いてあったことが嘘っぱちだと言っているわけではない。そこに書かれていた告発には、おそらく、いくばくかの真実が含まれているだろう。私は何もうまく言い逃れをしようとしているわけではない。この問題に関し、狭量な人間だとも思われたくない。そもそももう十分に事態は悪化しているのだ。いや、私が言いたいのは、ただひとつ言いたいのは、そこに書き表されている心情そのものはあるいは私の妻のものであるかもしれないが、そしてまたそこにはいくばくかの真実が含まれているかもしれないが――つまり心情自体はまあ正当といってもいいかもしれないが――その手紙を実際に書いたのは妻ではないのだから、彼女が私に向かってつきつけた告発の効力は弱められているはずだ、ということだ。まったく意味を持たないというつもりもないし、また信用性を失っているとさえ言うつもりもないけれど……。あるいはもしその手紙を書いたのが彼女なのだとしたら、自分の筆跡でそれを書かなかったという事実によって、その信用性は損なわれたはずではないか！　こういうはぐらかしを前にして、人は具体的事実というものを切望するのである。そしてここにもまた、いくつかの具体的事実が存在する。

その問題の夜には、我々はいつものように、どちらかといえば言葉少なに、でもとくに何の問題もなく、夕食を済ませた。時折、私は顔をあげて、テーブル越しに微笑みかけた。おいしい食事に対する感謝の念を伝えるように。食事の内容はポーチド・サーモンと茹でたアスパラガス、それにアーモンド入りのライス・ピラフだった。隣の部屋ではほどよい音量でラジオがかかっていた。プーランクの小さな組曲だった。私がその曲を初めて聴いたのは（それはディジタル録音だった）五年前のことで、場所はサン・フランシスコのヴァン・ネス通りにあるアパートメントだった。外では雷雨が降りしきっていた。

料理を食べ終え、コーヒーとデザートが済んだときに、妻はちょっとびっくりするようなことを口にした。「あなたは今夜自分の部屋にいくつもりなの？」と妻は言ったのだ。

「そのつもりだけれど」と私は言った。「何かあるのかい？」

「私はただ知りたかっただけよ」妻はカップを手にとって、コーヒーを少し飲んだ。でも彼女は私と目を合わせることを避けていた。私がじっと見ていたのに、目を上げようとはしなかったのだ。

あ、な、た、は、今、夜、自、分、の、部、屋、に、い、く、つ、も、り、な、の？　そういう質問をするのはまったく彼女らしくないことなのだ。今になってみると、どうしてあのときにもっとそれについて追及しておかなかったのかと思う。妻は私の習慣については誰よりも熟知している。でもそのときには、彼女はきっと心を決めていたのだろう。そう言いながら、胸に何かを隠していたのだと思う。

「もちろん今夜は自分の部屋にいくよ」と私は反復するみたいに言った。私の返事には微かな苛立ちが混じっていたかもしれない。妻はそれ以上は何も言わず、私も何も言わなかった。私はコーヒーの最後の一口を飲み、咳払いをした。

妻はちらっと目をあげて、私と僅かのあいだ視線を合わせた。それから彼女は肯いた。これでお互い合意できたわね、というみたいに（でももちろん合意なんてなにもできてない）。彼女は立ち上がって、テーブルの上をかたづけ始めた。

その日の夕食はあまり好ましくない雰囲気のうちに終わってしまったようだった。その場の空気を和らげるためにも、状態を修復するためにも、何かが――おそらくちょっとしたひとことが――必要とされていた。

「霧が出てきたようだね」と私は言った。

「あら、そうかしら。気がつかなかったわ」と妻は言った。

彼女は流し台の上のガラス窓を布巾でちょっと拭いて、外を眺めた。そしてしばらく何も言わなかった。それから彼女は口を開いた。今度のもまた思わせぶりな、少なくとも今の私には思わせぶりに感じられるたぐいの台詞だった。「そうね。ええ、たしかにすごく霧が出ているわね。すごい霧に包まれているわね。そうよね?」彼女が口にしたのはそれだけだった。そして妻は視線を落とし、皿を洗い始めた。

私はしばらくテーブルの前に座っていたが、やがて言った、「さあ、そろそろ部屋に行ってくるかな」

妻は両手を水の中から出して、カウンターの上に置いた。「お仕事がんばってね」というような励ましの言葉が出てくるのかなと思ったのだが、さにあらず。彼女はじっと口をつぐんでいた。まるで私に一刻も早く台所から出ていってもらいたい、そうすれば自分一人の時間を楽しめるのに、とでも言いたげな様子で。

思い出していただきたいのだが、その手紙がドアの下から差し込まれたとき、私は自分の部屋で仕事をしていた。この筆跡はどうも変だなと思い当たるところまで読み進み、それからこう思った。妻はこの家のどこかでおそらく忙しく立ち働いていたはずなのに、そのかたわらにこんな手紙が書けるなんて、考えてみれば不思議な話じゃないか、と。そこで手紙を置くと、私は立ち上がってドアの方に行った。ドアの鍵をはずし、廊下の様子をうかがった。

家のこちら側は暗かった。でもそろそろと頭を突き出してみると、廊下の突き当たりのあたりに居間からこぼれる明かりを認めることができた。いつものように、ラジオが静かに鳴っていた。私はどうしてためらったりしたのだろう？　霧が出ていることをべつにすれば、それは私たちがこれまでともに過ごした普段の夜ととくに変わるところはなかった。でも今夜は何かが持ちあがっているのだ。そのときに、私は自分が怯えていることに思い当たった。私は怯えていたのだ——こともあろうに、この自分の家の中で。私は廊下を歩いていって、何か問題があるのかどうか自分の目で確かめるのが怖かった。もし家の中に何かまずいことが起こっているのだとしたら、もし妻が何かしら——なんと言えばいいのか——困難な羽目におちいっているのだとしたら、事態がもっと悪化する前に、誰か別の人間の筆跡で書かれた妻の言葉を読んだりして無為に時間を潰したりする前に、状況にしっかり直面するのが最良の策ではないか！

でも私は事態の真相を見届けに行こうとはしなかった。おそらく私は正面攻撃を食うことを避けたかったのだろう。とにかく私は後戻りし、ドアをロックし、もう一度その手紙のところに戻った。でもそのときには私は腹を立てていた。こんな馬鹿げた、わけのわからないことで、貴重な夜の時間がだいなしにされつつあることが腹立たしかった。私はだんだん落ち着かない気持ちになってきた（落ち着かないという以外に表現のしようがないのだ）。手紙を、妻からのものに見せかけたその手紙を手に取って、もう一度読み始めると、吐き気に似たものが胸にこみあげてきた。

私たちがテーブルにすべての手持ちのカードを並べるべきときがやってきて、そして去ってしまいました。私たちというのは、私とあなたのことです。汝と我。ランスロットとグイネヴィア。アベラールとエロイーズ。トローイロスとクレシダ。ピューラモスとティスベー。JAJとノラ・バーナクル、などなど。私の言わんとすることはわかるでしょう。私たちは長いあいだ生活をともにしてきました。良きときも悪しきときも、健やかなるときも病めるときも、胃の具合の悪いときも、目や耳や鼻や喉の調子が悪いときも、上り坂のときも落ち目のときも。さて今は？今の私は真実の他に告げるべきものを持たないのです。それは、私はこれ以上はもうやっていけない、ということです。

そこまで読み進んでから、私は手紙を机の上に放り出し、またドアのところに行った。こいつはずばり決着をつけなくてはと心を決めて。私は明らかな収支決算を求めていた。それも今すぐにだ。今にして思うに、私は激怒していた。でもドアを開けたまさにそのときに私が耳にしたのは、居間から洩れ聞こえてくるくぐもった声だった。それは誰かが電話で話しながら、同時にそれを外部に聞かれまいと苦心しているような声だった。それから受話器が置かれる音が聞こえた。そして何もかもが「元どおり」になった。静かに流れるラジオ、それを別にすれば家の中には物音ひとつない。でも私の耳にはたしかに話し声が聞こえたのだ。

　怒りにかわって、私はパニックのようなものを感じはじめていた。廊下の奥をじっと見ていると、そこはかとなく怖くなってきた。何もかも前と変わりはしない。居間には明かりがついていて、ラジオが静かに鳴っている。私は何歩か前に出て、耳を澄ませた。妻の編み針がたてるかちかちという気持ちのよいリズミカルな音が聞こえてくることを、あるいはまた本のページがくられる音が聞こえてくることを、私は内心で望んでいた。でもそんなものは聞こえてこなかった。居間に向かって何歩か進んだところで——何と表現すればいいのだろうか——私はひるんでしまった。好奇心を失ってしまったというべきか。そしてまさにそのときに、ドアの把っ手が回される押し殺された音が聞こえた。それからドアがそっと開けられ、そして閉められる音が聞こえた。間違いなくドアの開閉の音だ。

私は廊下をまっすぐに進んで居間に行き、何が起こっているのか真相をきっぱり見極めてやりたいという衝動に駆られた。でも私はそのように衝動的に振る舞いたくはなかった。そんな真似をしたら、自分という人間をおとしめてしまうことになりかねない。私は衝動的な人間ではない。だから私はじっと待った。でも家の中には何かしら動きのようなものがあった。そこでは何かが進行していた。それは疑いようのない事実だった。そして私の責務は行動を起こすことであった。私自身の精神の安定のためにも、そして言うまでもなく妻の安寧と幸福のためにも。でも私は行動を起こさなかった。起こせなかったのだ。いちばん大事なときに、私はためらってしまったのだ。そして気づいたときには、明確な行動を取るにはもう手遅れということになってしまったのだ。その大事なときはやってきて、去っていった。それを呼び戻すことはもうできない。グラニコスの戦いにおいてペルシャのダリウス王が逡巡して行動を起こしそこね、その日が無為のうちに失われ、おかげでアレクサンドロス大王の軍勢に包囲され、大敗を喫することになったのと同じだ。

私は自分の部屋に戻ってドアを閉めた。でも私の胸はどきどきと高鳴っていた。私は椅子に腰をおろし、震える手でもう一度手紙を取った。

でも、ここでいささか奇妙なことになった。私はその手紙を頭から終わりまで順番に読むのではなく、あるいはまた、さっき読みやめたところから読み始めるのでもなく、適当に何枚かを手に取ってテーブル・ランプの下にかざして、あっちの行からこっちの行へと、気の向くままでたらめに読んでいったのだ。それによって私は、自分に向かってつきつけられた告発を並列化し、その起訴状（まさにそういう種類のものだったのだ）全体がまったく異なった性格を帯びることを可能にしたわけである。それはより受け入れやすいものになった。何故かといえば、そこからクロノロジカルな要素が失われることによって、攻撃力もまた少し失われていたからだ。

まあ、そういうわけだ。そんな風にページからページへと、こっちを一行、またあっちを一行と、私は次にあげるような細切れな文章を読んでいった。事情が別であったなら、あるいはこれは一種の要約として通用するかもしれない。

もっと引っこんでしまっていって……それ自体はささやかなことだけれど……浴室じゅう、壁や幅木にまでタルカムパウダーの粉が……殻……精神病院のことは言うに及ばず……そして結局のところ……バランスのとれた見方……墓場。あなたの「お仕事」……お願い！　いい加減にしてちょうだい……誰ひとりとして、たとえ……そのことについてはもう何も言わないで……子供たち……でも本当の問題というのは……孤独さは言うに及ばず……ああまったくもう、何ということでしょう！
つまり……

ちょうどそのときに、私は玄関のドアが閉まる音をはっきりと耳にした。私は手紙を机の上に落とし、急いで居間に行った。妻がそこにいないことは一目でわかった（うちは小さな家だった。ベッドルームはふたつだけだし、そのうちのひとつを私は自分の部屋としており、場合に応じては書斎と呼んでいた）。でもちなみに事実をひとつあげておくなら、家じゅうの明かりはひとつ残らずこうこうとついていた。

濃い霧が窓の外に垂れこめていた。霧はおそろしく深く、家の前の車寄せの道さえろくに見えないくらいだった。明かりのついたポーチにはスーツケースがひとつ置いてあった。それは妻のスーツケースだった。ここにやって来るときに、妻はそのスーツケースに自分の荷物を詰めてきたのだ。いったい何事が起ころうとしているのだ？私はドアを開けた。そこに突然——起こったことをまったくありのままに述べるしかないわけだが——霧の中から一頭の馬が現れ、それからほとんど間を置かずに、もう一頭の馬が現れた。私はそこにただ茫然として立ちすくんでいた。馬たちが私の家の前庭で草を食んでいるのだ。一頭の馬の横に妻がいた。私は妻の名前を呼んだ。「ここに出ていらっしゃいよ」と彼女は言った。「これを見てちょうだい。ちょっとびっくりしちゃうでしょう?」

彼女はその大きな馬の横に立って、その横腹をぽんぽんと叩いた。妻はよそ行きの服を着て、ハイヒールを履き、帽子をかぶっていた(三年前の彼女の母親の葬式以来、帽子をかぶった妻の姿を見るのは初めてだった)。それから彼女は馬の顔の近くに行って、首のたてがみに顔をつけた。

「いったいどこから来たの、大きな坊や?」と彼女は言った。「どこから来たのかしらねえ、よしよし」それから、私の見ている前で、妻は馬のたてがみに顔をつけたまま泣きだした。

「おいおい」と私は言って、階段を下りていった。私はそこに行って馬をぽんぽんと叩いて、それから妻の肩に手を触れた。彼女はさっと身を引いた。馬はぶるぶると鼻を鳴らし、ちょっと首を上にあげたが、またすぐに下を向いて草を食べだした。「いったいどうしたっていうんだ?」と私は妻に言った。「やれやれ、いったい何がどうなっているんだよ?」

妻はそれには答えなかった。馬は数歩移動したが、それでもまだ草を嚙みちぎっては、食べつづけていた。もう一頭の方も同じようにもぐもぐと草を食べていた。妻は馬のたてがみにつかまったまま、馬と一緒に移動した。私は馬の首の上に手を置いたが、すると、力の波が自分の腕から肩に上ってくるのを感じた。私はぶるっと身震いをした。妻はまだ泣いていた。どうしていいのか私にはわからなかった。そして同時に私は怯えてもいた。

「何が起こっているのか言ってもらえないかな?」と私は言った。「どうしてそんな改まった格好をしているんだ。なんでスーツケースがポーチに置いてあるんだ。馬はいったいどこからやってきたんだ。まったくもう、いったいぜんたい何が起こっているんだ?」

妻は馬に向かって小さな声で歌を口ずさみはじめた。歌だ! やがて彼女は歌うのをやめて、私に言った。「あなた、私の手紙を読まなかったでしょう。ざっと目を通すくらいはしたかもしれない。でもきちんとは読んでいないわね。そのとおりでしょう!」

「ちゃんと読んださ」と私は言った。そう、それは嘘だ。でもそれは方便としての嘘だ。部分的な嘘だ。世の中に私は嘘をついたことがありませんなんて言える人間がいるだろうか? 「でも何が今ここで起こっているのか、君の口から聞きたいんだ」

妻は大きく首を横に振った。彼女は馬の湿った黒いたてがみに顔を押しつけた。馬が草を嚙むぽこ、ぽこ、ぽこという音を、私は聞くことができた。それから鼻の穴から空気を吸い込む音が聞こえた。

彼女は言った、「ここに一人の女の子がいました。いいこと？　ちゃんと聞いてる？　そしてその女の子は、ある男の子をものすごく深く愛しました。自分自身を愛するよりもっと深くその子のことを愛したの。でもその男の子は――要するに歳をとったのね。彼に何が起こったのか、私にはわからない。でもまあ、何かが起こったのよ。彼は冷酷になってしまった。冷酷になる必要もなかったのに。それで――」

私にはその話の続きを聞き取ることができなかった。というのはまさにそのときに、霧の中から一台の車が姿を現したからだ。その車はヘッドライトをつけ、屋根の上に青いライトを点滅させながら、車寄せの道に入ってきた。そしてほどなく、あとを追うようにして、一台のピックアップ・トラックがやってきた。それは馬を運ぶためのトレイラーのようなものを牽引していたが、霧が深かったのではっきりそうとは断定できなかった。それは見ようと思えば何にでも見えた。たとえば大型のポータブル式オーヴンにだって見えた。初めの車は芝生の上に乗り上げるようにして止まった。それからピックアップ・トラックもその隣に並ぶようにして止まった。どちらの車もへッドライトはついたまま、エンジンも回ったままだった。それは状況の奇妙さ、わけのわからなさを一層もり立てているみたいに見えた。カウボーイ・ハットをかぶった一人の男が——たぶん牧場主だろうと私は推測した——ピックアップから下りてきた。彼はシープスキン・コートの襟を立て、ひゅうっと口笛で馬を呼んだ。それから、大男が車から下りてきた。彼は牧場主よりもずっと大きく、そして同じようにカウボーイ・ハットをかぶっていた。でも彼はレインコートの前をはだけていて、腰に吊るされた拳銃が見えた。保安官補なのだろう。これだけのことが次々に起こって、胸の中は不安でいっぱいであったにもかかわらず、私はそのときにふとこう思った。この二人の男がどちらも帽子をかぶっているというのは注目に値する、と。私は手を伸ばして髪に触れ、自分が帽子をかぶっていないことを残念に思った。

「すこし前に保安官の事務所に電話をかけたのよ。馬を見かけたときにね」と妻が言った。彼女はしばらく間を置いてから、べつの話をはじめた。「これでもうあなたに車で町まで送っていただく必要もなくなったわね。そのことは手紙の中に書いてあったでしょう。あなたが読んだ手紙の中にね。車で町まで送ってほしいって。でもこれで、まあ私が勝手にそう思っているだけなんだけれど、この方たちのどちらかが私を町まで乗せていってくださるんじゃないかしら。そして私にはもう、気持ちを変えるつもりはないの。言っておきますけれど、これは変更の余地のない決定なのよ。ねえ、こっちを向きなさいよ！」

　私は男たちが馬を捕まえて連れていくのを眺めていたのだ。牧場主が小さな渡し板を使ってトレイラーに馬を運び入れているあいだ、保安官補は懐中電灯で足元を照らしていた。私は振り返って、今ではもう他人みたいに思える妻を見た。

「私は今から家を出ていこうとしているのよ」と彼女は言った。「それが今ここで起こっていることよ。今夜のうちに町にいくつもりなの。私はこれから一人で生きていくつもり。そういうことは全部、あなたがさっき読んだ手紙の中に書いてあったでしょう」さきほども述べたように、妻は手紙の中の言葉に絶対にアンダーラインなんか引いたりしないのだけれど、今こうして（涙を拭い終えて）話すのを聴いていると、彼女は文字どおり口から出るその言葉のひとつひとつを全部強調せずにはおくまいという感じで話しているのだ。

「いったい君はどうしたっていうんだ？」と言っている自分の声を私は聞いた。私もまた自分の言葉のどれかを強調せずにはいられなくなっているみたいだった。「なんでそんなことをしなくちゃいけないんだよ？」

　彼女は首を振った。牧場主は二頭めの馬をトレイラーに積み込んでいた。鋭く口笛を吹き、手を叩き、時々、怒鳴り声をあげていた。「さあさあ！　畜生め、さあ来いよ。さっさと来るんだったら！」

それから保安官補がクリップボードを脇にはさんでこっちにやってきた。彼は大きな懐中電灯を持っていた。「どなたが電話をかけてきたんですかね？」

「私です」と妻が言った。

保安官補は彼女のことをしばらく眺めていた。彼は懐中電灯でハイヒールを照らし、それから光を上にあげて帽子を照らした。「ずいぶんきちんとした格好をされていますね」と彼は言った。

「主人と別れて家を出ていくところなんです」と彼女は言った。

保安官補はまるでよくわかったとでも言うように肯いた（でも彼には理解なんかできていなかった。できるわけがないのだ！）。「この人、何か厄介事を起こしたりしませんよね？」と言って、保安官補は懐中電灯を私の顔にあてて、その光をすばやく上下させた。「あなた、そんなことしませんね？」

「まさか」と私は言った。「でもなんだってそんな――」

「けっこう」と保安官補は言った。「何もなければそれでけっこう」

牧場主はトレイラーのドアを閉めて、掛け金をかけた。それから湿った芝生を踏みながらこちらにやってきた。よく見ると、芝生は彼のブーツのいちばん上までのびていた。

「電話いただいて助かったです」と彼は言った。「ホントに助かりました。こんなに濃い霧が出てるしね、もし馬たちが大きな道路にのこのこ出ちゃったりしたら、きっとえらい騒ぎになっていたでしょうな」

「奥さんが電話してくださったんだよ」と保安官補は言った。「なあフランク、奥さんは町まで車に乗せていってほしいんだそうだ。今から家を出ていくんだって。どっちが被害者なのか俺にはわからん。でもとにかく奥さんが出ていくんだって」それから彼は妻の方を向いた。「間違いありませんね、本当にここを出ていかれるんですね？」と彼は尋ねた。

　妻は肯いた。「間違いありません」

「けっこう」と保安官補は言った。「これで話はついた。フランク、聞いてるか？俺は奥さんを町まで送っていくことはできない。これからまだ寄るところがあるんだ。あんた奥さんを連れていってあげてくれないか？　バスの停留所か、あるいはホテルに行くことになると思うんだけどな。だいたい家を出た人間の行き場所っていえばそんなところが相場だから。そうじゃありませんか？」と保安官補は言った。「フランクに行き先を言わないと」

「バスの停留所で下ろしていただければけっこうです」と妻は言った。「ポーチに私のスーツケースがあります」

「どうだい、フランク？」と保安官補が言った。

「もちろんそれはいいんですけど」とフランクは言って帽子を取り、それをまた頭の上に戻した。「もちろん喜んでお送りしたいんだけれど、でもよそ様のことに首を突っ込むっていうのは、あたしとしてはどうも」

「そういうことならまったく御心配には及びません」と妻は言った。「お手間を取らせて申し訳ないとは思うんですが、私は——なんというか今、参ってしまっているんです。そうなんです、参ってしまっているんですよ。でもここから出ていきさえすれば、もう大丈夫です。このろくでもない場所から離れてしまえばね。もう一度念のために忘れ物をしていないかどうかチェックしてみますね。何か大事なものを忘れていないかどうか」彼女はそう付け加えた。彼女はちょっと迷ってから、こう言った、「突然のことのように見えるかもしれませんが、これは昨日今日思いついたことじゃないんです。前々からずっと考えていたことなんです。結婚してずいぶんになります。良いときもあれば、悪いときもありました。上向きのときもあれば、落ち目のときもありました。ひととおりの経験はしました。でもそろそろ一人になる時期です。そう、今が時期なんです。私の申し上げていることがおわかりになりますか？」

フランクはまた帽子を取って、縁を点検するみたいに手の中でそれをくるくると回していたが、やがてまた頭にかぶった。

保安官補は言った、「そういうこともまああリますよ。完全な人間なんてどこにもいませんからね。人間というのは完全には作られていないんです。天使なんていうものがいるのは天国だけですよ」

妻は、ぼさぼさに繁った草の中をハイヒールを履いた足でそろそろと、家に向かって歩いていった。彼女は玄関のドアを開け、中に入った。私は明かりのついた部屋の中で彼女が動き回っているのを見ることができた。そしてそのとき私はふと思った。私が彼女に会うことはもう二度とないのかもしれない。それが私の脳裏を横切った思いだった。そしてその思いは私を動揺させた。

牧場主と保安官補と私は、何も言わずにそこに立っていた。我々三人と車のヘッドライトのあいだを湿った霧が流れていた。トレイラーの中で馬が体を動かす音が聞こえた。我々は三人とも居心地の悪い思いをしていたのだと思う。でも、いうまでもないことだが、私には自分自身の気持ちのことしかわからない。他の二人がどう思っていたかなんて私には知りようもない。あるいは彼らはこの手のことは毎晩のように目にしていたのかもしれない。人々の生活が空中分解してしまう情景を。保安官補ならそういうのをしょっちゅう目にしていたかもしれない。でも牧場主のフランクはじっとうつむいたままだった。彼はズボンの前ポケットに両手をつっこんで、またそれを出した。草の中にある何かを蹴飛ばした。私はしっかりと両腕を組んで、次にいったい何が起こるのか皆目わからないまま、そこにじっと立っていた。保安官補は懐中電灯をつけては消し、消してはつけていた。時々、遠くを照らしては、その光で霧をひゅっと払った。トレイラーの中から一頭の馬がいなないた。それからもう一頭もいなないた。

「こんな霧じゃ何も見えやしないね」とフランクが口を開いた。

何か言わなくてはと思って言ってるんだなと私は思った。

「こんなひどい霧はちょっとないな」と保安官補は言った。それから私の方を向いた。今度は私の目を懐中電灯で照らしたりしなかった。でも口を開いて、こう切り出した。「なんで奥さんは家を出ていくんだろうね？　殴ったか何かしたの？　ばしっと一発やったんじゃないの？」

「女房を殴ったことなんて一度もないね」と私は言った。「結婚してこのかた一度だって手を出したことはない。殴って当然ということは何度かあったけれど、でもやらなかった。女房の方が手を出したことはあるけれど」と私は言った。

「まあまあ、そうムキにならないで」と保安官補は言った。「今夜はもうごたごたは御免だよ。もうそれ以上何もいわないで。このままじっとおとなしくしてようじゃないですか。かっかするのはなし。ややこしいのもなし。ねえ、おたくこの先物事をこじらせたりしないよね」

保安官補と牧場主はじっと私を見ていた。フランクはなんだかきまりが悪そうに見えた。彼は煙草の葉と巻紙を取り出して、煙草を巻いた。

「何もこじれたりしない」と私は言った。

妻がポーチに出てきて、スーツケースを手に取った。私はなんとなくこう思った。妻は忘れ物がないか点検しただけじゃなくて、そのついでに化粧をなおして、口紅なんかも新しく塗ったみたいだなと。保安官補は階段を下りてくる彼女の足元を懐中電灯で照らしてやった。「さあ、こちらにどうぞ」と保安官補は言った。「足元に気をつけて——滑りやすくなっていますからね」

「これで出かけられます」と妻は言った。

「わかりました」とフランクは言った。「でももう一度だけ、念のために物事をはっきりさせておきたいんです」彼はまた帽子を取って、それをじっと手に持っていた。「あたしは奥さんを町まで連れていって、バスの停留所に下ろしていきます。でもね、わかっていただきたいんですけど、あたしはこの話にはまったく無関係な人間ですからね。よろしいですね？」彼は妻の顔を見て、それから私の顔を見た。

「けっこう」と保安官補は言った。「そいつはなかなかうまい言い方だな。統計によるとだね、いったん巻きこまれると家庭内のいさかいくらい危険なものはないんだ。とくに警察官はね。でも本件に関して言えば、輝かしい例外のように思うな。そうですよね？」

妻は私の方を見た。「さよならのキスはしないわ。ええ、そんなものはなし。さよならを言うだけ。じゃあごきげんよう」

「けっこう」と保安官補は言った。「キスなんかしたら、その先どうなるかわからんものね」そして彼は笑った。

みんなは私がそこで何かを言うのを期待しているみたいだった。でも生まれて初めて、私は言葉に窮していた。でも私は意を決して妻に言った。「この前君がその帽子をかぶったとき、君はヴェールをかけていて、私は君の腕をとっていた。君のお母さんの葬儀に参列していたんだ。君は黒い色のドレスを着ていた。今着ているのとは違うドレスだけど。でも履いていたハイヒールはたしかそれと同じだった。こんな風に家を出ていったりしないでくれ」と私は言った。「この先どうすればいいのかわからない」

「出ていかなくてはならないのよ」と妻は言った。「何もかも手紙の中に書いてあるわ。事細かに書いてあるわよ。そこに書かれていないことは——何と言えばいいのかしら、謎とか推測とか、そういう領域じゃないのかしら。でもとにかく、手紙の中にはすでにあなたが知っていることしか書かれてないわよ」彼女はフランクの方に向き直った。「さあ行きましょう、フランク。フランクって呼んでいいわよね」

「いいですよ。ちゃんと時間どおりに飯が出てくりゃ、どんな名前で呼ばれたって気にしない男だから」と保安官補は言った。そしてまた笑った。腹の底から出てくるような大きな笑い声だった。

「いいですよ」とフランクは言った。「フランクでけっこうです。それじゃあ、まあ行きましょうか」彼は妻の持っていたスーツケースをピックアップまで運び、運転席に入れた。それから助手席のドアを開けて待っていた。

「落ち着いたら手紙で知らせるから」と妻は言った。「たぶんそうすると思うんだけど。でもその前にいろいろやることもあるし。まあ成り行き次第っていうところね」

「その調子で話し合うことだね」と保安官補は言った。「話し合いのチャンネルをいつもオープンにしておくこと。幸運を祈るよ、相棒」と保安官補は私に向かって言った。そして自分の車のところに行って、それに乗り込んだ。

ピックアップはトレイラーをつけたまま芝生の上で大きくゆっくりとターンをした。一頭の馬がいなないた。私が目にした妻の最後の姿は、運転席の中で牧場主が差し出したマッチの炎の上に身をかがめて煙草に火をつけている姿だった。彼女の両手は、マッチを持った彼の手のまわりを包むようにしていた。保安官補はピックアップとトレイラーが横を通り過ぎて行ってしまうのを見届けてから、勢いよく車の向きを変えた。車のタイヤはしばらく濡れた草の上を滑っていたが、道路の手応えを得ると、砂利をはね上げた。表の道路に向かいながら、彼は警笛を鳴らした。警笛を鳴らした《トゥーティッド》。歴史家ももっとこのような表現を用いるべきだ。「トゥーティッド（警笛を鳴らす）」とか「ビープト（ちょっと警笛を鳴らす）」とか「ブラスティッド（大きめの音で警笛を鳴らす）」とか——とくに大虐殺のあととか、あるいは何かの事件がある国家の将来に暗い影を投げかけたときとか、そういう深刻な状況にあるときには。そういうときにこそ、「トゥーティッド（警笛を鳴らす）」というような言葉が求められ、それは真鍮の時代の黄金となるのだ。

妻が結婚式の花束を持って立っている白黒の写真のことをふと思い出したのは、霧の中に立って彼女が去っていくのを見ているちょうどそのときのことだったように思う。彼女は十八歳だった。まだほんの子供なのよ、彼女の母親は結婚式のほんの一ヵ月前に私に向かって叫んだものだ。その写真を撮ったほんの数分前に、私たちは結婚したのだ。彼女は微笑んでいる。ちょうど今笑い終わったところなのか、あるいはこれから笑い出そうとしているのか、どちらであるにせよ、カメラの方を向いて彼女は口を開いており、そこにはあんまり幸福でびっくりしている様子がうかがえる。彼女は妊娠三ヵ月なのだが、写真からはもちろんそれはわからない。でも彼女が妊娠しているからといって、それが何だというのだ。それがどうしたというのだ。あの頃は誰だって妊娠していたじゃないか。とにかく、彼女は幸せだった。私もまた幸せだった。間違いなく幸せだったのだ。我々は二人とも幸せだった。私はその写真には映っていないけれど、すぐその近くにいた。ほんの数歩離れたところで、誰かの祝福の握手を受けていたと記憶している。私の妻はラテン語やドイツ語や化学や物理学や歴史やシェイクスピアや、その他私立の女子校で教わることをすべて知っていた。ティーカップの正式な持ち方も知っていた。料理の作り方も知っていたし、愛を交わす方法も知っていた。彼女は立派な賞品のようなものだった。

でも私は、その馬の騒ぎがあった何日かあとで、妻の残していったものの中で捨ててしまっていいものと、保管しておくべきものとをより分けているときに、その写真を見つけたのだ。私はそのとき家を出ていく荷造りをしていたのだが、しばらくその写真を眺めてから、捨ててしまった。私は冷酷な気持ちになっていた。こんな写真いるものか、と私は自分に向かって言った。なんでそんなものがいるんだ。

考えてみればわかることだ。私にはわかる。人間というものを少しでも知っていれば、誰にだってわかる。妻が私と離れて一人でやっていけるわけなんかないんだ。今に戻ってくるさ。それも早いうちにだ。さあ早く戻ってくるがいい。早くそうすればいいじゃないか。

いや、いや、私には何もわかってはいない。今も昔も、私に何かがわかったことなんて一度もない。彼女は永遠に姿を消してしまったのだ。間違いなく。私には感じることができる。彼女は行ってしまったし、もう戻ってくることはない。ピリオド。もう二度とだ。どこかの街角で偶然ばったりと出会いでもしない限り、私が彼女と顔を合わせるようなことは二度とないだろう。

それでもまだ筆跡の問題が残っている。これについてはまったくわけがわからない。

でももちろん、その筆跡が本人のものかどうかなんていうのは、たいして重要な問題ではない。その手紙のあとに起こった一連の出来事に比べたら、ほとんどとるに足らないことではないか。手紙そのものではなく、その手紙の中に書かれてあった、私が今でも忘れることのできない物事が大事なのだ。そう、そんな手紙なんてぜんぜん貴重なものじゃない。そこには、筆跡云々などといった問題よりもっとずっと大きなことがある。「もっとずっと大きなこと」というのは、心のひだにかかわるようなもののことなのだ。たとえばこんな風に言うこともできる。妻を娶ることは、歴史を娶ることであると。そしてもしそのとおりだったとしたら、私は今歴史の枠外にいるということになるだろう。馬やら霧やらと同じように。あるいは、歴史はもう私のもとを去ってしまった、とも言えるかもしれない。あるいは、私はこれから歴史なしでやっていかなくてはならないのだと。あるいは歴史は今や私なしでやっていかなくてはならないことになったのだと——もっとも妻がもっと手紙を書いたり、あるいは日記なんかをつけている友達に話をしたりすれば別だが。もしそういうことになったら、後年になって、誰かが今回の出来事を振りかえり、それについての記録を見て、その断片や長広舌やら、沈黙や暗示やらに従って、解釈をすることができるのだ。そしてようやく私にはわかってくるのだ。自叙伝とは一介の名もなき個人の歴史に他ならない

のだということが。自分が今、歴史に向かって別れを告げようとしているのだという
ことが。さよなら、愛する人よ。

使い走り

Errand

チェーホフ。一八九七年の三月二十二日の夜、モスクワの町で彼は信を置く友人アレクセイ・スヴォーリンとともに食事に出かけた。このスヴォーリンという男は、新聞社と出版社の経営者で、非常に裕福な人物だった。反動主義者で、裸一貫からたたきあげてきた男だ。彼の父親はボロディノの戦いに一兵卒として従軍した。チェーホフと同様、祖父は農奴で、それが二人の共通点だった。どちらの体にも、農民の血が流れていたわけだが、それを別にすれば、政治的立場においても性格においても、二人はあきれるほど異なっていた。それでもスヴォーリンはチェーホフの数少ない親しい友人の一人だったし、チェーホフは彼との交際を楽しんでいた。

当然のことながら、二人は街で一番の料理屋に行った。町屋敷を改装して作ったエルミタージュという名の店だった。そこでは十種類に及ぶ料理のコースをたいらげるのに数時間を要することもあった。いや、夜の半分を要することさえあった。もちろん料理に加えて何種類ものワインとリキュールとコーヒーも出てくる。その夜もチェーホフはいつものように非のうちどころのない格好をしていた。ダークスーツとチョッキとお馴染みの鼻眼鏡。その時代に撮られた彼の写真そのままの姿だった。彼はリラックスして、上機嫌だった。給仕長と握手し、広いダイニング・ルームをちらりと一瞥した。部屋は華麗なシャンデリアにまばゆく照らされ、テーブルはエレガントななりをした男女によって占められていた。ウェイターがやすみなく行ったり来たりしていた。テーブルのスヴォーリンの向かいに座ってまもなく、突然何の先触れもなしに、彼の口から血がどっと溢れ出てきた。スヴォーリンと二人のウェイターが彼を洗面所に連れていって、氷嚢を使ってなんとか出血を止めようと努めた。スヴォーリンは自分の宿泊するホテルにチェーホフを連れて帰り、スイートの一室のベッドにチェーホフが横になれるようにした。後刻、もう一度吐血を見たあとで、チェーホフは結核とそれに関連した呼吸器の感染症の治療を専門とする診療所に移されることを承諾した。スヴォーリンがそこに見舞いに訪れたとき、チェーホフは三日前の夜のレストランでの「騒動」について詫びたが、しかしとくに体が悪いわけではないのだとずっと主張しつづけた。「彼はいつものように笑って、冗談を飛ばしていた」とスヴォーリンは日記に記している。「大きな容器にぺっぺっと血を吐きながら」

三月の終わり頃に、妹のマリア・チェーホフが診療所に兄を見舞った。ひどい天気だった。みぞれまじりの嵐が吹き荒れていた。雪がいたるところで山をなして凍りついていた。診療所まで行ってくれる馬車を停めるのが一苦労だった。そこに到着する頃には、彼女の胸は不安でいっぱいになっていた。

「アントン・パヴロヴィッチは仰向けになって寝ていた」と彼女は『回想録』に書いている。「話すことは禁じられていた。挨拶を言ったあとで、私は感情を読み取られないようにテーブルの方に行った」。見舞いのシャンパンの瓶や、キャビアの壺や、花束に混じって、彼女はそこにぞっとするものを見つけた。フリーハンドで描かれたチェーホフの肺の絵だった。それは明らかにその分野の専門家の手で描かれたものだった。医者が患者に向かってあなたの病気はこういうものだと思われますと説明するときによく描くような類のスケッチだ。両肺は青で輪郭を描かれていた。しかし上の方は赤く塗り潰されていた。「その部分が病んでいるのだと私は悟った」とマリアは書いている。

レフ・トルストイも見舞いにやってきた。この国でもっとも偉大な作家を前にして、病院のスタッフはかちかちになってしまった。なんとロシア全土に名をとどろかす人物が。「やむを得ない相手」の他は面会謝絶とされていたが、もちろん彼をチェーホフに会わせないわけにはいかなかった。へいこらとかしこまった看護婦やら実習医やらに案内されて、その髭面の獰猛な顔をした老人はチェーホフの病室に通された。彼はチェーホフの劇作家としての能力については低く評価していたが（トルストイは彼の劇はスタティックであり、モラルの展望に欠けていると思っていた。「君の劇の登場人物は君を何処に連れていくんだい？」とあるとき彼はチェーホフに尋ねた。「ソファーからがらくたを詰めた部屋に移って、それからまた戻ってくるだけじゃないか」）、でもトルストイはチェーホフの短篇小説が好きだった。そしてそれにも増して、とてもシンプルに、彼はチェーホフという人間そのものを愛していた。彼はゴーリキイに向かってこう言った。「なんと美しく、素敵な男だろう。謙虚で物静かで、まるで少女のようだ。歩き方まで少女のようじゃないか。彼はもう理屈抜きに素晴らしいよ」そしてトルストイは日誌にこう書いた（その当時は日誌なり日記なりをつけていない人間はいなかった）、「チェーホフを愛するというのは喜ばしいことだ」と。

トルストイはウールのマフラーを取り、熊皮のコートを脱いだ。そしてチェーホフのベッドの横の椅子に腰をおろした。チェーホフは薬物療法を受けていて、しゃべることを禁じられており、ましてや会話を交わすなどもってのほかであるというようなことは、彼にはまったく気にならないようだった。チェーホフはただ唖然として、伯爵が魂の不滅性についての自説を開陳するのをじっと聞いているしかなかった。その訪問について、チェーホフは後にこう書いている。「彼はこう語った、我々はすべからく（人も動物も同様に）ある原則（理性や愛といったもの）の中に生きつづけるであろう。しかしその原則の本質や目的は我々には謎である、と。私にはそのような類の不滅性は意味を持たない。私はそういうのが理解できない。そしてレフ・ニコラエヴィッチは私がそれを理解できないことにびっくりしてしまったようだった」

それはそれとして、チェーホフはわざわざ見舞いに来てくれたトルストイの心遣いに感銘を受けた。でもチェーホフはトルストイと違って、死後の生命など信じなかったし、かつて信じたこともなかった。自分の五感のどれかを使って感知できないものなど、彼には信じることができない。彼は一度ある人に向かって、自分の人生や作品に関して、こう語ったことがある。自分には「政治的、宗教的、哲学的な世界観が欠けている。私は毎月それを取り替えている。だから私は自分の書くものの世界を限定しないわけにはいかないのだ。主人公がどのように愛して、結婚して、子供を生んで、死んで、どんな風に喋ったかというようなことに」

結核の宣告を受ける前のことだが、チェーホフはこう書いている。「農夫が肺病にかかったらこう言うだけだ、『もう手の施しようもない。俺は雪が溶けるのと同じに、春になったら死ぬよ』」（チェーホフの方は夏に、熱波の訪れの中で息を引き取った）。

しかし自分自身の結核が発見されると、彼は最後まで病状の深刻さを認めようとはしなかった。どうやら彼は死ぬ間際まで、自分はいつかこの病とうまく縁を切れるかもしれないと考えていたようだ。長引いたカタルか何かみたいに。最後の日々に至っても、病が快方に向かう可能性がまだあると信じ込んでいたらしい。事実、死の直前に妹に宛てて書かれた手紙に彼はこう書いている。自分はここバーデンヴァイラーに来てから「太りつつある」し、気分もずっとよくなった、と。

バーデンヴァイラーはシュヴァルツヴァルト地方の西にある保養地で、バーゼルからそれほど遠くないところにある。町のほとんどの場所からヴォージュ山脈が見えた。その当時、空気はまじりけなく綺麗で爽快であった。ロシア人たちは古くからそこを好んで訪れ、熱い鉱泉に身を浸し、通りをそぞろ歩いたものだ。一九〇四年の六月に、チェーホフは死ぬためにそこを訪れた。

その月の初めに、彼はモスクワからベルリンまで難儀な汽車の旅をした。旅の連れは夫人だった。夫人はオリガ・クニッペルという名の女優だった。チェーホフは彼女と一八九九年に『かもめ』のリハーサルのときに知り合った。当時の人々は彼女のことを傑出した女優と評している。彼女は才能があり、美しく、劇作家より十歳近く年下だった。チェーホフはその場で彼女に心をひかれたが、なかなか感情の流れのままに動くことができなかった。いつものことだが、彼は結婚よりは恋愛遊戯の方を好んだ。三年にわたる交際ののちに、何度もの別離や数多くの手紙や、そしてこの手のことにはつきものの数々の誤解を経た後に、二人はようやく結婚した。一九〇一年の五月二十五日のことである。二人はモスクワで内輪だけの式をあげた。チェーホフはこのうえなく幸福だった。彼はオリガのことを「子馬」とか「犬ころ」とか「子犬」とか呼んだ。彼はまた彼女に向かって「小さな七面鳥」とか、あるいはただ単に「僕の喜び」とかいう風に呼び掛けることを好んだ。

ベルリンでチェーホフは肺疾患の高名な専門医であるカール・エヴァルト博士の診察を受けた。しかし同席した人の話によれば、医者はチェーホフを診察したあとで、何も言わずに両手を上にあげて部屋を出ていったということだ。チェーホフの病気は既に手の施しようのないところまで進行していた。エヴァルト博士は奇跡を起こすことのできない自分に腹を立て、またこんなひどい病気にかかってしまったチェーホフに対して腹を立てたのだ。

あるロシアのジャーナリストがたまたまチェーホフ夫妻をホテルに訪ねた。そして編集者にこういう記事を送った。「チェーホフの余命はもういくばくもない。彼はひどく病んでいるように見える。がりがりに痩せ細り、しょっちゅう咳をし、ちょっと体を動かしてもはあはあと喘ぐ。そして高熱に苛まれている」。ポツダム駅で二人がバーデンヴァイラー行きの列車に乗り込むところを見送ったのも同じジャーナリストであった。彼によれば「チェーホフは駅のちょっとした階段を上がるのさえおそろしく大儀そうだった。息を整えるために何分間かそこに座りこまなくてはならなかった」チェーホフにとっては移動するのはことのほか苦しかったのだ。脚は慢性的に疼いたし、体も痛んだ。病は腸と脊髄をも襲っていた。この時点で彼の余命は一月にも足りなかった。チェーホフはもう今では、オリガの証言によれば、自分の体の状態については「ほとんどやけっぱちと言っていいくらい無関心に」語るようになっていた。

シュヴェーラー医師はバーデンヴァイラーの町に在住し、さまざまな病苦からの息抜きを求めてそこの温泉を訪れる裕福な人々を治療して、それで結構な暮らしを送っている数多い医者の一人だった。彼の患者の何人かは病んで衰弱していた。他の人々はただ単に年老いて心気症にかかっていた。でもチェーホフの例は特殊だった。明らかに手の施しようがなかったし、もう命脈は尽きていた。彼はまた非常に高名でもあった。シュヴェーラー医師でさえ彼の名前を知っていた。ドイツの雑誌で彼の短篇小説をいくつか読んだことがあった。六月初めにその作家を診察したとき、彼はチェーホフの作品については声に出して褒めたが、医学的見解の方を口にするのは差しひかえた。食餌療法を命じただけだった。ココアとバターにひたしたオートミールと、ストロベリー・ティー。最後のものはチェーホフが眠るのを助けてくれるはずだった。

六月十三日、あと三週間もたたぬうちに死が訪れようとしているときに、チェーホフは母親に手紙を書いた。病状は快方に向かっているとその手紙にはある。彼はこう書いていた、「一週間のうちに全快することになるかもしれません」と。いったいどうしてそんなことを書いたのだろう？　いったいどうしてそんなことが思いつけたのだろう？　彼自身が医師であったし、自分でもよくわかっていた。彼は死に向かっていた。それはどう考えても誰が見ても明らかだった。にもかかわらず、彼はホテルの部屋のバルコニーに座って、列車の時刻表のページを繰った。マルセイユからオデッサに向かう船の情報を問い合わせたりもした。でももちろんちゃんとわかっていたのだ。この段階に至って、わからないはずはなかった。でも妹に宛てた最後の何通かの手紙の中で、彼は自分は日に日に元気になっていると書いている。

もう文学的創作意欲はまったく湧いてこなかった。そんなものはとっくの昔に消えてしまっていた。実際、前年に書いた『桜の園』はあやうく未完成に終わるところだったのだ。その戯曲を書き上げるのは彼の生涯を通じてもっとも苦しい作業であった。

最後の頃には、一日に六行か七行書くのがやっとだった。「僕には力というものが湧いてこないのだ」と彼はオリガに書いた。「僕はもう作家としての生命を終えてしまったようだ。どのセンテンスも僕には無価値で何の役にも立たないように見える」。でも彼は筆を折らなかった。一九〇三年の十月になんとかその戯曲を書き上げた。手紙やノートブックに書いたわずかな記録をべつにすれば、それが彼にとっての最後の作品になった。

一九〇四年七月二日の真夜中少し過ぎに、オリガは人に頼んでシュヴェーラー医師を呼んできてもらった。事態は切迫していた。チェーホフがうわごとを言い始めたのだ。休暇中の二人の若いロシア人がたまたま隣の部屋に泊まっていた。オリガは急いでそこの部屋に行って、事情を説明した。青年の一人はもうベッドに入って眠っていたが、もう一人はまだ起きていて、煙草を吸いながら本を読んでいた。彼はホテルを出て駆け足でシュヴェーラー医師を呼びに行った。「むっとする七月の夜の静寂の中で彼の靴が砂利を踏みしめていく音が、まだ私の耳に残っている」と後にオリガは『回想録』の中に書いている。チェーホフは幻覚を見ていた。水夫について語り、日本人について何か断片的なことを口にした。オリガが彼の胸の上に氷を置こうとすると、「からっぽの胃の上に氷を載せてはいけない」と言った。

シュヴェーラー医師はやってきて鞄の中のものを取り出しながら、ベッドの上でぜいぜいと喘いでいるチェーホフにじっと目を注いでいた。病人の瞳孔は膨らみ、こめかみは汗でぎらぎらと光っていた。シュヴェーラーの表情の中には何も読み取れなかった。彼は感情を表に出すタイプの人間ではなかった。しかしチェーホフの死が迫っていることが彼にはわかっていた。医師としてできる限りのことをしなくてはならない。いかに乏しい命とはいえ、チェーホフはそれにしがみついているのだ。シュヴェーラー医師は注射器の準備をし、カンフル剤の皮下注射をおこなった。心臓の動きを活発化するためだが、その注射も役には立たなかった。もう何をしたところで無益なのだ。それでも、酸素吸入器を持ってこさせましょうと医師はオリガに言った。そのとき突然チェーホフが目を覚まして、意識をはっきりと取り戻し、静かにこう言った。

「そんなことしても無駄さ。それが着く頃には私はもう死体になっているよ」

シュヴェーラー医師は大きな口髭を引っ張りながらじっとチェーホフを見た。作家の頬は灰色にげっそりと落ち込んでいた。顔色は蠟のようで、息は荒かった。これはもうあと数分の命かもしれないとシュヴェーラー医師は思った。何も言わずに、オリガに断ることもせずに、彼は電話のある壁のくぼみのところに行った。彼はその機械の使い方を読んだ。ボタンを指で押さえたまま電話機の横についたハンドルを回せば、ホテルの下方領域に――つまりキッチンに――通じるとあった。彼は受話器を取って、それを耳にあて、指示通りに操作した。やっと誰かが電話に出ると、シュヴェーラー医師はホテルにある一番上等のシャンパンを持ってくるようにと命じた。「グラスは幾つお持ちしましょう」と相手が尋ねた。「三つだ!」と医師は受話器に向かって怒鳴った。「大急ぎでだ。わかったか」それはまさしく直観に導かれた稀な瞬間のひとつというべきだが、そういう事実は後になると往々にして見過ごされてしまいがちである。それはあまりにも当を得た行為だったので、それ以外の選択肢が存在したなんて思えなくなってしまうからである。

疲れた顔をした若者がシャンパンを運んできた。金髪は逆立って、制服のズボンには皺がよっていた。その折り目は消えていた。急いで上着のボタンをかけたらしく、輪穴がひとつかけ残されていた。そのとき彼は休んでいたに違いない(椅子に沈みこんで、おそらくはうとうとしていたのだろう)。すると明け方近くに遠くの方でりんりんりんと電話のベルが鳴って――やれやれまったくこんな時間に!――そして気がつくと上司によって揺すって起こされて、モエの瓶を一本、二一一号室に持っていけと命じられていた。「大急ぎでだ。わかったか」と。

若者はシャンパンの瓶を中に入れた銀色のアイスバケツと、三つのカットクリスタルのグラスを載せた銀色の盆を、部屋の中に運び入れた。テーブルの上にバケツとグラスを載せるスペースを見つけたが、そのあいだずっと彼は首を伸ばして隣の部屋を覗きこもうとしていた。そこでは誰かがはあはあと激しく喘いでいた。胸の痛くなるような音だった。その鋸歯車のような呼吸音がもっとひどくなると、若者は顎をカラーの中に沈めて顔を背けた。彼は一瞬我を忘れて、開いた窓の外の暗い町をじっと見つめた。分厚い口髭をはやした堂々たる大柄の男が、彼の手の中に何枚かの貨幣を押しつけた。感触からすると相当な額のチップだった。それから突然ドアが開くのが見えた。何歩か前に進むと、彼は階段の踊り場にいた。そこで手を開いてその貨幣を見て、びっくり仰天してしまった。

医師は入念に（何をやるにしても、彼はつねに入念だった）瓶のコルクを抜く作業に取り掛かった。できるかぎり祝祭的なポンという音を小さくするように努力しながら、栓を抜いた。三つのグラスに酒を注ぎ、それからいつもの癖で、瓶にコルクで栓をした。そしてベッドにシャンパンのグラスを運んだ。オリガは握っていたチェーホフの手をちょっとのあいだ放した。彼女は後に書いているが、その手は指が焼けてしまいそうなほど熱かった。彼女は彼の頭の下にもうひとつ枕をはさんだ。そして冷やかなシャンパンのグラスを夫の手のひらに押しつけ、指がその柄をつかむのを確かめた。チェーホフとオリガとシュヴェーラー医師、彼らは顔を見合わせた。彼らはグラスを触れ合わせなかった。乾杯の辞もなかった。だいたい何に対して乾杯すればいいのだ？　死を祝してか？　チェーホフは残った力を振り絞ってこう言った。「シャンパンを飲むのなど実に久し振りのことだな」と。彼は唇にグラスを運んで飲んだ。ちょっと後でオリガはその空になったグラスを夫の手から取り、ベッドサイドのテーブルの上に置いた。チェーホフは体を横に向けた。目を閉じて、溜め息をついた。その一分後に彼の呼吸は止まった。

シュヴェーラー医師はベッドシーツの上に落ちたチェーホフの手を取った。チェーホフの手首に指をあて、一方の手でチョッキのポケットから金時計を取り出して蓋を開けた。時計の秒針はゆっくりと、おそろしくゆっくりと進んだ。ほんの少しでも脈が感じられないかと、針をそのまま三周させた。午前三時だったが、部屋の中はまだ蒸していた。バーデンヴァイラーは類を見ないほどの熱波に襲われていたのだ。両方の部屋の窓は全部開け放たれていたが、微風の気配さえなかった。羽の黒い大きな蛾が窓から入ってきて、電灯に勢いよくどすんどすんと体当たりしていた。シュヴェーラー医師はチェーホフの手首を放した。「御臨終です」と彼は言った。時計の蓋を閉じて、それをチョッキのポケットにしまった。

すぐにオリガは涙を拭いて、しっかりしなくちゃいけないと自分に言い聞かせた。彼女は医師に対し足を運んでくれた礼を言った。医師は、奥様は何か薬が必要ではありませんかと尋ねた。アヘン剤とか、あるいはカノコソウを煎じた薬とか。彼女は首を振った。ただひとつだけお願いがありますと彼女は言った。役所に届けを出して、新聞がそれを嗅ぎつける前に、そしてチェーホフが自分の手を離れてしまう前に、しばらく主人と二人きりにしておいてほしいのです。そういう御配慮を願えませんでしょうか？　少しのあいだで構いません、少しのあいだだけでもここで起こったことを先生の胸の中にしまっておいてはいただけませんでしょうか？

シュヴェーラー医師は口髭を指の背で撫でた。問題もあるまい。この事実が今発表になっても、数時間後に発表になっても、どれだけの違いがあるというのか？　あとに残された細かい問題は死亡証明書に記入することだけだが、それも一眠りしたあとで昼前に自分のオフィスで済ませても構わないだろう。シュヴェーラー医師は肯いて、承知したことを知らせ、それから帰り支度をした。彼はくやみの言葉をぼそぼそと口にした。オリガは頭を傾けた。「光栄なことでした」とシュヴェーラー医師は言った。そして鞄を手に取り、部屋から、そしてさらに言うならば歴史から、姿を消した。

シャンパンのコルク栓がぽんという音をたてて飛んだのはちょうどそのときだった。テーブルの上に泡がこぼれ出した。オリガはチェーホフの側に戻った。彼女は足載せ台に座って彼の手を取り、時々彼の顔を撫でた。「人の声も聞こえず、日常世界の物音も聞こえなかった」と彼女は書いた。「そこにあるものはただ美と平和と、そして死の壮大さのみであった」

夜が明けてツグミが下の庭で囀りはじめるまで、彼女はずっとチェーホフに付き添っていた。それから下の方でテーブルや椅子を動かす音が聞こえてきた。ほどなく人の声も聞こえはじめた。そのときドアにノックの音が聞こえた。もちろん彼女はどこか役所から人でも来たのだろうと思った。たとえば検視官とか、あるいは何か質問したり必要書類に記入させるためにやってきた警官とか。あるいはまた、ありそうにないことだが、ひょっとしてシュヴェーラー医師かもしれない。彼が防腐処置を施したり、チェーホフの遺体をロシアに移送したりするのを手伝わせるために葬儀屋を連れてきたのかもしれない。

でもそこにいたのは数時間前にシャンパンを運んできたのと同じ青年だった。でも今回は制服のズボンはきれいにプレスされて、ぱりっと折り目がついていた。そしてぴったりとした緑の上着のボタンはみんなしっかりかかっていた。さっきとは別人のように見えた。しっかり目覚めているというだけではなく、ぽっちゃりとした頬には綺麗に剃刀をあてられ、髪も整えられていた、そして彼はなんとか相手に好意を伝えたいと努めているようだった。三本の茎の長い黄色い薔薇の花をさした磁器の花瓶を捧げ持っていた。彼はスマートにかちっと靴の踵を合わせて、それをオリガに差し出した。彼女は後ろに下がって彼を部屋に入れた。グラスとバケツと盆を下げに参りました、と彼は言った。それから何しろこの異様な暑さですので、今朝の朝食は庭に御用意させていただきましたことをお知らせに上がった次第です。この暑さが御不快でなければよろしいのですが、と申し訳なさそうに言った。

女は何がどうなろうがどうでもいいという顔をしていた。彼が話しているあいだ、彼女は顔を背けてカーペットの上の何かを見下ろしていた。腕を組んで、両方の肘をじっとつかんでいた。一方、若者は花瓶を抱えて指示を待ちながら、部屋のあちこちを見回した。明るい日差しが開いた窓から溢れるように差し込んでいた。部屋はきちんとして、ちらかったところが目につかなかった。ほとんど手つかずのように見えた。椅子にかかった衣服もなかった。靴下やストッキングやズボン吊りもコルセットも見当たらなかった。蓋を開けたスーツケースも見えなかった。早い話、乱れというものがまったく見当たらなかったのだ。そこにあるのはいかにもホテルの備品然としたがっしりとした家具だけだった。それから、女がじっと床を見下ろしていたので、彼も下に目をやった。そして即座に自分の足のつまさきに転がっているコルクの栓を目にとめた。彼女はそれを見ているのではなかった——彼女の目は別の何かに向けられていた。若者は身をかがめてそのコルク栓を拾いたかった。でも彼はまだ薔薇の花瓶を持っていたし、これ以上自分の方に注意を引き付けるのはでしゃばって見えるのではないかという気もした。それで仕方なく、コルク栓はそのままにして、目を上に上げた。小さなテーブルの上の、半分空になったシャンパンの瓶と、その隣に置かれた二つのクリスタルのグラスを別にすれば、すべては整然としていた。彼はもう一度まわりに視線を投げてみた。開いたドアの向こうのベッドルームに三つ目のグラスが見えた。グラスはベッドサイド・テーブルの上に載っていた。でもまだ誰かがベッドに横になっている！　顔は見えなかったけれど、布団をかぶったその体は身動きひとつせず、完璧といっていいほどに静かだった。彼はその姿を心にとどめ、ほかに目をやった。それから、どうしてだかはわからないのだが、何かしら落着きの悪い思いが彼を捉えた。彼は咳払いをして、足の重心を移しかえた。女はまだ床から目を上げず、その沈黙を破ろうともしなかった。若者は頬が熱くなってくるのを感じた。べつに深く考えた末のことではなかったが、無理に庭で朝食を食べなくても構わないのだという事実を相手に告げた方がいいのではないかと、彼はふと思った。女の注意がこちらに向くことを期待しつつひとつ咳をした。しかし彼女はこちらを見ようともしなかった。外国からお見えになった高名なお客様でありますから、もしお望みとあらば今朝お部屋でお食事をなさることも可能であります、と彼は言った。若者は（その名は記憶されていない。おそらく第一次大戦で戦死してしまったのだろう）喜んで朝食を運ばせていただきますと言った。お二人様でございますね、と彼は付け加えた。ベッドルームの方に不確かな視線を投げかけながら。

彼は黙りこんで、カラーの内側に指を一本入れてぐるりと回した。事情がよくわからなかった。女が自分の言ったことを聞いていたかどうかさえ定かではなかった。これ以上どう振る舞えばいいのかもわからない。彼はまだ花瓶を抱えていた。薔薇の甘い薫りが鼻を満たし、説明しがたく激しい後悔の念を引き起こした。彼が言葉を待っているあいだ、女はどうやらずっと物思いに耽っていたようだった。彼がそこに立って、喋って、花瓶を抱えて体の重心を移動しているあいだ、彼女はまるで何処か別の場所にいたみたいだった。バーデンヴァイラーから遠く離れた何処かに。でもやっと彼女は我に返り、その顔は違った表情を浮かべた。彼女は視線を上げ、彼の顔を見た。

そして首を振った。彼女は懸命に事態を理解しようと努めているようだった。いったいこの若者は三本の黄色い薔薇を挿した花瓶を抱えてここで何をしているのかしら？花？　私は花なんか頼んでいないのに、と。

ややあってから、彼女はハンドバッグのところに行って、小銭を何枚かつかんだ。何枚かの紙幣も手に取った。若者は唇に舌をつけた。またいっぱいチップをくれようとしている。でも何のために？　彼女はいったい自分に何を頼もうとしているのだろう？　彼はこれまでそんな客の相手をしたことがなかった。もう一度咳払いをした。

朝食はいりません、と彼女は言った。少なくとも今のところはけっこうです。今朝は朝食どころではないのです。そのかわりにひとつあなたにお願いがあります。葬儀屋を一人連れてきてほしいのです。わかりましたか？　チェーホフ氏が亡くなりました。わかりますか？　コンプルネ・ヴー？　いいですか、あなた、アントン・チェーホフが亡くなったんです。だからよく聞いてください、と彼女は言った。あなたは下に行って、フロント・デスクの誰かに何処に行けばこの町で一番の葬儀屋が見つけられるかを訊いてください。一番信頼できて、一番丁寧な仕事をして、きちんとした作法をわきまえている人物をです。要するに偉大な芸術家を扱うにふさわしい葬儀屋をです。さあ、と彼女は言って、彼の手に金を押し付けた。下に行って他の人にこうお言いなさい、自分は特別にある用事を申しつかったのだと。ちゃんと聞いていますか？　私の言うことは理解できましたか？

若者は彼女の言うことを懸命にのみこもうとした。彼はあえてもう隣のベッドルームを覗こうとはしなかった。何かまずいことがあったということはわかった。上着の下で心臓がどきどきと高鳴っていた。額に汗が浮かんでくるのが感じられた。彼は何処に目をやればいいのかわからなかった。とにかく花瓶を下におろしたかった。

お願いだからそれだけやってください、と彼女は言った。してくれたら恩に着ます。上の人には、どうしてもと頼まれたのだとお言いなさい。そう言って構いません。でもあなた自身やこの状況について不必要に注意を引くようなことがあってはなりません。これはとても重要なことなのだとお言いなさい。私がそう命じたのだと。それだけ言えばよろしい。わかりましたか？　わかったら肯きなさい。くれぐれも他人の注意を引いてはなりません。どうせほどなく、あれやこれやと騒ぎがもちあがってくることでしょう。一番ひどい部分はもう終わったのです。私の言ってる意味は理解できましたか？

若者の顔は青ざめていた。そこに立ちすくみ、花瓶をぎゅっとつかんでいた。彼はなんとか肯いた。

ホテルの外に出ていいという許可を得たら、あなたは静かな確固とした足取りで、しかし不自然に急ぐことなく、葬儀屋のところに行かなくてはなりません。あなたは自分が非常に重大な使いの仕事に携わっているのだと思って、立派に振る舞わなくてはなりません。それだけを心がければいいのです。そうです、あなたは重大な使いの仕事に携わっているのです、と彼女は言った。そしてもし行動に目的を持たせておく足しにしたければ、自分を薔薇を挿した磁器の花瓶を両手で抱えて人通りの多い歩道を歩いている人間として想像すればいいのです。その花瓶を誰か大事な人に届けなくてはならないのだと（彼女は静かにそう言った。ほとんど親戚か友人に打ち明けるみたいに）。あなたは自分にこう言い聞かせてもかまいません。自分がこれから会いにいく相手は自分が来るのをじっと心待ちにしているのだ、その花を持って自分が姿を見せるのを今や遅しと待ちつづけているのだと。でもとにかく取り乱して走り出したりしてはなりません。あるいは歩調を乱してもなりません。運んでいる花瓶のことを思い出しなさい！　迅速に歩くのです。つねに可能な限り威厳を崩すことなく振る舞わねばなりません。ずっと歩きつづけるのです。葬儀屋の店に着いてドアの前に立つまでは。それからあなたは真鍮のノッカーを持って一度、二度、三度と打ち鳴らすのです。葬儀屋は間もなく姿を見せるでしょう。

その葬儀屋は間違いなく四十代の男でしょう。あるいは五十代の初めかもしれません。頭が禿げて、がっしりとした体格で、金属の縁の眼鏡を鼻のずっと下の方にずらせてかけているでしょう。穏やかで押し付けがましいところのない人物でしょう。相手はきわめて実際的で必要なことしか質問しないでしょう。エプロン。たぶんエプロンをつけています。あなたの話を聞いているあいだ黒いタオルで両手を拭っているかもしれません。その服には微かな防腐剤の匂いがついているかもしれません。でもそれは構いません。あなたが気にすることはないのです、若い方。あなたはもうほとんど大人なんだから、あなたがそんなことを恐れたり、不快に感じたりすることはないのです。葬儀屋はあなたの話を最後まで聞くでしょう。彼は自制の心を持った、気品のある人なのです。この葬儀屋はそのような立場に置かれた人々の恐怖を静めることのできる人なのです。それを増長させるようなことはしません。ずっと昔に彼はさまざまな様相と形態を持った死の姿を残らず見てしまいました。だからもうどのような死も彼を驚かせたりはしません。そこにはもうどんな秘密も隠されてはいません。今朝、私が求めているのはこのような人物によってなされる処置なのです。

葬儀屋は薔薇の花瓶を受け取る。若者が話をしているあいだ、たった一度だけ葬儀屋の目にちらっと微かな好奇の光が思わずきらめく。彼はそこになにか通常ではないものを聞き取ったようである。若者が一度だけ死者の名前を口にすると、葬儀屋の眉がぴくっと上がる。チェーホフと言ったかな？　ちょっと待ってなさい、今一緒にそこに行くから。

私の言っていることはわかりますか、とオリガは若者に言う。グラスは置いていきなさい。そんなものは気にしなくて構いません。クリスタルのワイン・グラスのことなんて忘れなさい。部屋はこのままにしておいて構いません。用意はもうできています。いつでも発てます。さあお行きなさい。

でもそのとき、若者はまだ自分の足のつまさきに転がっているコルク栓のことを考えていた。それを拾いあげるためには、花瓶を抱えたまましゃがみこまなくてはならない。彼はそうする。身を屈める。下を見ることなく、手を伸ばして、それを手の中に収めてしまう。

解　題

村上春樹

本書に収められた七篇の短篇小説はアメリカでは、どうしてかその理由は不明だが、『ぼくが電話をかけている場所』というタイトルのベスト・オブ・カーヴァーとでもいうべき短篇集（これは村上訳で同じ題で出版された短篇集とはまったく異なった内容である）の中の「ニュー・ストーリーズ」部分として一九八八年五月に収録、出版された。僕の気持ちから言えば、これはたとえ薄い本になったとしても、やはり「ベスト・オブ……」とは分けて独立したひとつの短篇集にするのが筋ではなかったかと思うのだけれど、あるいはこれも著者自身の希望によるものだったのかもしれない。レイ・カーヴァーはそういうちょっと不思議な本作りが好きな人だったから。イギリスでは同じ一九八八年八月に『象、その他の短篇』として独立したかたちで本になったので、とりあえずそこからタイトルを流用させてもらった。いずれにせよ、この七篇はレイモンド・カーヴァーにとっての最後の短篇小説であり、とくに末尾に置かれた『使い走り』における、迫りくる自らの死をじっと見据えた一種壮絶な、そしてなおかつ淡々とした風情を湛える筆の運びには、読む者の胸を打つものがある。

短篇小説としての完成度という点だけを取り上げれば、カーヴァーの作品系譜の中では、このひとつ前の短篇集『大聖堂』に収められた作品群の気力充実、心技一体の作風がひとつの輝かしいピークをなしているという風に僕は感じている。読んでいても翻訳をしていても、そこには思わず居ずまいを正してしまうような「みなぎったもの」がある。しかしそれはそれとして認めた上で、同時に本書に収められた七篇の短篇小説に通底するある種の優しく哀しい「ばらけ」のような感覚が僕は大変に好きだ。「ばらけ」というとどうも表現がよくないのだが、とりあえずこう呼んでおく。あえて説明するなら「みなぎったもの」をsoothe（慰撫）するような感覚である。いずれにせよ、短篇作家としてのカーヴァーはこの時期に少しずつ変貌をとげようとしていたし、その途上にあったといってもよいのではないだろうか。もしこの時点で亡くならなければ、このあと短篇小説作家としてのカーヴァーはいったいどのような方向に、どのような領域に進んでいったのだろうと深く考え込ませられる。このあとに遺作詩集『滝への新しい小径』が出版されたが、小説集としてはこの『象、その他の短篇』が最後のものになっている。

もちろん文学においては作品そのものがすべてであって、それがたとえ遺作であろうが、処女作であろうが、そんなもの文学的価値とは無関係だと言ってしまうことはできる。しかしそうは言っても、世の中にはやはり思い入れというものもある。そして幸か不幸か、文学というものは多くの場合、思い入れやただの心持ちや、また往々にして偏見や思い違いによって前に進んでいくものではないだろうか。そんなわけで、ここに収められた作品群を読みかえすたびに否応なく、僕は死んでいったレイ・カーヴァーのことをありありと思い出すことになる。それらの作品の一行一行にはレイ・カーヴァーの死という事実が既成の事実として染み付いていて、そのテキストだけを独立させて論じることは、僕にとってはほとんど不可能な作業になってしまっている。そこではすべての言葉が、すべての事物や情景が、生の鮮やかな残光に輝き、死への傾斜の暗い軋みに満ち満ちているように、どうしても感じられてしまうのだ。正しいか正しくないかは別にして。

誤解をされては困るのだけれど、ただ単にレイ・カーヴァーの死を惜しみ、哀しんでいるのではない。ジョン・アーヴィングの小説の登場人物であるT・S・ガープが言うように、人生とは不可避な死へと向かう緩慢な病の過程に過ぎないのであって、時間の差こそあれ、人はみんなやがては死ぬ。何故なら生きること自体が、ひとつの治療不可能な病であるからだ。他のすべての人々と同じように、レイ・カーヴァーは彼の人生を生きて、そして死んでいった。普通の人に比べればいささか強引に生き、いささか唐突に死んでいったかもしれない。しかしガープが言うように、遅かれ早かれ人は死ぬのだ。生という領域における重要な問題の大半は死の不可避性の中にあるのであって、決してそこで生きられた時間の総量にあるのではない。だからここでカーヴァーの早すぎる死をただ「惜しい、惜しい」と嘆くのは、あまり意味のない行為だろう。モーツァルトやプーシキンの若すぎる死を今ここで惜しいと嘆くことが見当外れであるように。何故なら、モーツァルトやプーシキンによって残された作品群は結果的にその若すぎる死を包含することによって、ここに現在成立しているのだから。だから我々にとってはむしろ、レイ・カーヴァーが生の高みにあって書き残した死というものの鮮烈な光景を、我々の内なる不可避性として理解し取り入れる（アプリシエイトする）ことが重要な作業になるだろう。そしておそらくそれこそが、晩年のレイ・カーヴァーが我々に申し送ろうとしていたことではないかという気がするのだ。

一九九一年の夏に僕は再びワシントン州ポート・エンジェルズを訪れて、スカイハウスに二日ばかり泊めてもらった。レイの墓参りをして、テスと再会するのが今回の訪問の目的だった。スカイハウスというのは、レイとテスが最後の日々を送っていた海辺の高台にある二階建の家だ。オリンピック半島のまさに先端にあり、広い窓からは目の前に広がる太平洋が一望に見渡せる。晴れた日には対岸にカナダが見える。その見事なパノラマの中でわずかに動くものといえば、風に乗って軽やかに空を横切っていく鷗か、あるいは後ろに木材を引いて海峡をゆっくりと抜けていく運搬船だけだ。穏やかな夏の昼下がりで、あたりには物音ひとつ聞こえない。

一九八三年にこのスカイハウスを訪れて初めてレイに会ったとき、最初に僕の目についたのは、ガレージの中に置かれたぴかぴかに光るメルセデス・ベンツだった。それを見てちょっとびっくりしたことを覚えている。メルセデス・ベンツの新車とレイモンド・カーヴァーの組み合わせはすごく新鮮に（もっと正直にいえばミスマッチのように）感じられたからだ。これはあとになって知ったことだが、実は僕がそこを訪れるちょっと前に、レイはその車を買ったばかりだった。文学の師として仰いでいた作家ジョン・ガードナーの早すぎる死にショックを受けて、ほとんど衝動的にその車を買ったのだ。どうせみんないつか死ぬんじゃないか、かまうものか、現世を楽しもうじゃないか、と。八年後に訪れたときにも、そのメルセデス・ベンツはまったく同じ格好でスカイハウスのガレージの中に収まっていた。もうそれほどぴかぴかではないけれど、その高価な車はレイの現世のかけがえのない記憶のように、そこにじっと静かに目を閉じて（という風に僕には見えた）休んでいた。もっともテスは日常の足としては、この記念的メルセデスではなく、かなり使い込まれたジープ・チェロキーの方を使っているようだ。

近くの野原を抜けるようにしてそれほど大きくない綺麗な川が流れていて、季節がくるとそこを鮭が上ってくる。レイはスカイハウスの書斎で机に向かって詩や短篇小説を書きながら、ふと顔をあげて眼前に広がる風景を眺めたことだろうと僕は想像した。彼は海を眺め、川を眺め、空を眺め、雲を眺め、そしておそらく自分が消えてしまったあともそのままめぐり続けるであろう悠久の自然について考えたことだろう。それは実際のところ、そういうことを考えないわけにはいかないくらい壮大な眺めだった。そして今、それと同じ風景を、同じ窓から僕は眺めている。レイはもうそこにはいない。でもあたりにはまだ彼の気配がかすかに漂っている。僕は彼の座っていた机の前に座り、彼の使っていた鉛筆を手に取り、彼の聴いていたヴィヴァルディのカセット・テープを聴き、同じように（だってそこには他に眺めるべきものもないのだから）窓の外に広がる海を眺めた。テスの飼っているペルシャ猫のブルーが音もなくやってきて、僕の足に頭をこすり付けた。

でもそこには何かが欠けているように僕には思えた。これだけじゃ足りないんだと僕は思った。レイ・カーヴァーの部屋に来て、レイ・カーヴァーの椅子に座って、彼が見たのと同じ光景を眺めているというだけでは、十分ではないのだ。こうしてただ彼のピルグリメイジのようなことをしていて、そこにいったいどんな意味があるのだろう。僕はただ彼の不在をそのままなぞっているだけのことではないのか？　もっと他に僕が理解しなくてはならないものがあるのではないだろうか？

部屋の本棚から分厚いペーパーバックのアメリカ現代詩のアンソロジーを一冊取り出してぱらぱらとあてもなくページをめくっていると、マーク・ストランドの短い詩がふと目にとまった。どうしてたくさんある詩の中からわざわざその詩を選んで読むことになったのか、自分でもよくわからない。でもとにかくその詩は、不思議に僕の心を打った。そのときにその部屋の中で僕が心の底でもやもやと感じたまま、どうしてもうまく形にすることができずにいた気持ちを、それは驚くくらいぴったりと表していたので、僕はその全文を手帳にボールペンでメモした。こういう詩だ。

Keeping Things Whole

In a field
I am the absence
of field.
This is
always the case.
Wherever I am
I am what is missing.

When I walk
I part the air
and always
the air moves in
to fill the spaces

物事を崩さぬために

野原の中で
僕のぶんだけ
野原が欠けている。
いつだって
そうなんだ。
どこにいても
僕はその欠けた部分。

歩いていると
僕は空気を分かつのだけれど
いつも決まって
空気がさっと動いて
僕がそれまでいた空間を

where my body's been.

We all have reasons
for moving.
I move
to keep things whole.

塞いでいく。

僕らはみんな動くための
理由をもっているけど
僕が動くのは
物事を崩さぬため。

静かな部屋の中で、このシンプルな詩を何度か読み返しているうちに、僕はレイモンド・カーヴァーのあの巨体が野原やら空気やらから、いかにも申し訳なさそうに、大きく欠けた部分を作りだしているところをふと想像することになった。そこには猫背の大男のかたちをした欠落がある。でも今では彼はどこか別の場所に、永遠に移動していってしまった。この部屋の中にも、この世界のどこにもう、彼の作りだす欠落はない。この先二度とそれが生まれることもない。かつて彼のいた場所には、今ではただ whole が静かに存在しているだけだ。しかし僕らは彼の作りだしたそれらの欠落を、今でもはっきりと記憶しているし、それらはこれからも多くの人々によって記憶され続けることだろう。何故なら、それらの欠落は、僕らの作りだす欠落を、それらにしかできないやり方で癒してくれるからだ。

マーク・ストランドがどのような気持ちでこの詩を書いたのか、僕には正確にはわからない。でもそこには、悲しみでも諦めでも喜びでもない、透明な意思のようなものがあった。生とか死とかいう領域を超えたはっきりとした何かがそこにはあった。そしてその何かは、まさに晩年のレイ・カーヴァーがいくつかの作品の中で僕らに向かって切実に語りかけようとしていたメッセージと同質のものだった。生の中にある死、そして死の中にある生。存在と非存在の転換。

だからこそ、カーヴァーによって作られた詩ではないにもかかわらず、まるでカーヴァー自身の肉声のような響きを、その詩の中に僕は聞き取ることができたのだろう。まるで彼がそこにいて、僕に向かって例のもそもそとした声でこう語りかけているように思えた。「いいかい、僕が死んだことを不在ととって哀しんだりしないでくれ。そんなことは必要じゃないんだ。むしろ僕が野原の中にいるときには、僕の方が野原の不在だったんだ。僕が物事を崩していたんだ。わかるだろう?」

翌日、テスが僕をレイ・カーヴァーのもうひとつの仕事場に連れていってくれた。スカイハウスのほかに彼らはもうひとつの家を持っていたのだ。そしてそこで彼が使っていた旧式のタイプライターを見せてくれた。彼女はそこに新しいタイプ用紙をはさんだ。「何かタイプしてみなさいよ」と彼女は言った。僕は机の前に座り、キイボードにゆっくりと両手を置いた。

Hello, Ray. と僕は真白な紙にタイプした。How are you doing ?

それ以上の言葉を僕はまったく思いつくことができなかった。そしてそれ以上何を言えばよかったのか、今でもまったく思いつけない。

『引越し』

原題は"Boxes"。これは引越し用の段ボール箱のことである。初出は「ニューヨーカー」一九八六年二月二十四日号。

この小説の魅力はなんといっても、どんなことでも悪い側面ばかり取り上げて、終始一貫して執拗に文句を並べ立てるユニークきわまりない引越し魔の母親の人間像にあるだろう。訳者もしょっちゅう引越しをしているので、このお母さんの気持ちはわからないでもない。これほどネガティヴに徹するところまではいかないけれど。

主人公の中年男は例の「カーヴァー風」にずるずるした境遇にあるわけだが、第三者としてのお母さんがそこに一枚加わって状況をひっかきまわすことによって、この話はどんどん前に進んでいくことになる。主人公にも、主人公のガールフレンドにも、そして読者にも、この母親はいささか精神的なトラブルを抱えているらしいということは察せられるのだけれど(主人公は母親を精神科医にかからせることや、あるいは施設に入れることを真剣に考えている)、じゃあ母親の行為がどの程度致命的に間違っているのかということになると、誰にも正確な判断は下せない。そんなことを理論的に追究していったら、そもそも生きているという行為そのものが致命的な過ちを含んでいるのではないかということにさえなってしまいそうである。物語そのものは中年主人公の「困った、困った」という視点で終始し、「そりゃまあ、こんなお母さんがいたら困るだろうな」とこっちもつい同情してしまうわけだが、読み終えてしばらくすると、このお母さんはここに出てくる人物の中で実はいちばんまっとうな人間なんじゃないかという気さえしてくるくらいである。そこにはある種の強力なイノセンスが存在する。

このお母さんの考え方や行動様式に読者がぴったりと感情移入するのはかなりむずかしかろうが、「ずれている」なりに凜とした気概のようなものが感じられて、話が終わっても彼女の存在は不思議に心に残る。この辺のありありとした人間の描き方はカーヴァーならではのものだろう。この小説を読んだ人は、もし題やら筋やらを忘れてしまっても、「ほら、カーヴァーの短篇で、文句ばっかりつける変な引越し魔のお母さんの出てくるあの話……」というだけですんなり通じてしまいそうである。小説というのは基本的にそういうことでいいのではないかという風に僕なんかは思うのだけれど、あるいはこれは極端な思想かもしれない。

『誰かは知らないが、このベッドに寝ていた人が』

"Whoever Was Using This Bed"　相変わらず奇妙な題である。本文に一ヵ所だけこの言葉が出てくるが、よく注意して読まないと読者はうっかり見落としてしまうかもしれない。見落としても小説を読むうえでとくに支障はないが。初出は「ニューヨーカー」一九八六年四月二十八日号。

わけのわからない間違い電話が未明にかかってきて、夫婦がそのまま眠れなくなり、二人でベッドに横になったまま煙草を吸いながら健康問題についてあれこれ話し合っているうちに、なんとなく安楽死についての真剣な会話となり、それがそのままずるずると尾を引くことになる。この短篇小説の基調をなしているのはやはり不安であり、混乱であり、恐れであるといってもいいだろう。レイ・カーヴァーの小説にはエピソードが多くて、それが変な方向に枝葉的に伸びていくのがひとつの語り口の魅力になっているわけだが、ここではカーヴァーはかなりストレートに中心テーマを追究しているように訳者には感じられる。歳を取って自分の身体が自分の意思とは無関係に凋落《ちょうらく》していくことへの暗い予感。主人公はべつにそんなことを考えたくはないのだけれど、妻によって否応なくその話題に引きずり込まれ、死についてのひとつの明確な解答を要求されることになる。主人公は話を簡単に別の方向に持っていくことはできない。それは避けて顔を背けることのできないものである。彼が正面からしっかりと向かい合わなくてはならない問題である。

この小説を書いている時点でカーヴァーが自分の健康についてどの程度の問題なり不安なりを抱えていたのか、訳者にはわからない。ただ単に年齢による身体の衰えを感じていただけなのかもしれない。あるいは自分の中で何か不吉な物事が進行しつつあるのを、ある種の直感として彼は捉えていたのかもしれない。しかしいずれにせよ、そこにはたしかに目を細めてじっと何かを見つめるときのような、緊張の気配があるように感じられる。彼はそこにある何かを見ているはずなのだけれど、何を見ているのかは我々にはわからない。

最後の方の「そう、自分が目に見えない一線を跨いでしまったみたいに感じるのだ。自分がそんなところに来ることとなんてあるものかと思っていた場所に来たみたいに感じるのだ。どうしてこんなところに来てしまったのか、わけがわからない。ここは奇妙な場所だ」という一節は、最初に読んだときにはそれほど深刻には感じなかったのだけれど、カーヴァーの死をはさんであらためて今読み返すと、これはかなり重い。その前のシーンで奥さんのアイリスとの、雲間からさっと光がこぼれるような心の交感があり、これでやっとコーダに向けて作品の気分が上向いてくるのかなという予感があるだけに、転換はよけいにシリアスであり、さらに言えば、いささか不気味である。そして最後の電話のプラグ抜きのシーンは、「電話のラインは切れて、もう何も聞こえない」という一行ですぱっと終わる。文字どおりのブラックアウトだ。これはあえて言うまでもなく、植物人間の生命維持装置の切断と重ねられているわけだし、死の象徴以外の何物でもない。

ほとんどが夫婦の会話で成り立っており、まるで一幕ものの芝居のような趣さえある。

『親密さ』

"Intimacy"「エスクァイア」一九八六年八月号。

これもかなりハードな話で、僕はなかなか翻訳する気になれず、最後の最後までとっておいた。もうこれ以外に訳すべき短篇がない（初期の習作は別にして）という地点に至って、心を決めて手をつけた次第だ。翻訳者がこんなことを言うのは適当ではないのかもしれないけれど、作品としての価値はともかく、個人的にはこの短篇小説を読むのはつらい。何度読んでも、読むたびにたまらなく痛々しい気持ちになってくる。もちろん私小説ではないから、実際にあった話ではないだろうが、レイ・カーヴァーの私生活を知る人なら、書かれた内容があまりにもリアルで克明に現実に即しているので、言葉を失って深く考え込むことになる。最初に「エスクァイア」でこの作品を読んだとき、いったいレイモンド・カーヴァーに何が起こっているんだろうと僕は真剣に心配した。たしかにカーヴァーはずっと「自分の人生に題材をとった」作品を書いてきた。しかし決して自己告白的ではなかった。そこには抗いがたい物語への意思があり、その力強いパルスがマテリアルの生々しさや、安易なモラルへの拘泥(あるいは非モラルへの拘泥)を凌駕《りょうが》していた。そこにカーヴァーという作家の矜持《きょうじ》があった。カーヴァーは決してスタイリッシュな作家として知られていたわけではないが、実は極めて自覚的でスタイリッシュな文筆家であったと僕は思っている。恥ずかしさを進んでさらけ出しながらも、ある種の恥ずかしさにはどうしても耐えることのできない作家であった。切り結びあいの中で、「ここまでは相手に切らせておいても、ここから先は切らせない」という明確な見切りのつけられる人だった。そしてその微妙な命懸けのディスティンクションの中に自己表現の核を見出した人だった。でもこの『親密さ』においては、彼はそのラインを大きく跨いでしまっている。ずるずるにほどいてしまっている。それが意識的なものなのか、そうではないものなのか、最初に読んだときにはまったく見当がつかなかった。

そしてその二年後に、彼が亡くなったという知らせを聞いたときに最初に頭に浮かんだのは、やはりこの小説のことだった。それくらい僕にとっては、この作品はショックだったのだ。もちろん今では、この小説を書くにあたってレイ・カーヴァーが意識的に自己のディスティンクションを破壊したのだということが推察できる。これはやはり彼にとっての信仰告白に近い特殊な意味合いをもつ作品だったのだろう。日本語で言うと「業《ごう》」という表現がぴったりくるかもしれない。彼は生きているうちにこの作品をどうしても書かずにはいられなかったのだと思う。そこには異様なばかりに激しく、死の影がしみこんでいるように思えるのだが。

『メヌード』

“Menudo”　「グランタ」一九八七年春季号。

メキシコを旅行したときにこのメヌードという料理を食べる機会は何度かあったの

だが、訳者は残念ながら内臓料理が苦手なのでパスすることになった。でももし料理をテーマにしたアンソロジーを作るような機会があったら、この作品は絶対に抜かせないと思っている。それくらいメヌードという料理が美味しそうに書けている（思い返してみると、レイ・カーヴァーの小説には料理が美味しそうに描かれている例があまり見当たらない）。その印象がけっこう強烈なので、この小説は「ほら、あのメヌードっていう、主人公が食べ逃した美味しそうなメキシコ料理が出てくる話」で終わってしまいそうなところがある。中年男が近所の奥さんと浮気して、それがばれて家庭崩壊の瀬戸際に立たされているという肝心の話の本筋はあるいはすぐには思い出せないかもしれない。でも画家のアルフレードが台所に立ってぐつぐつと煮ているメヌードのその音や匂いが、いわば失われた救済として、ありありと感覚的に（視覚的に、聴覚的に、嗅覚的に）読み手に伝わってくるところがこの話のミソじゃないかと僕は思う。あらためて読み返してみると、意外にそれほど長いエピソードではないのだが。

それからラジオを買ってやらなかったお母さんがそのまま道端でぽっくり死んでしまうというせつないエピソードも、けっこう強烈な印象を残す。本筋を忘れても話がちゃんと成立してしまうという「ばらけ」の芸にはたしかにうならせられる。短篇小説としても間違いなく完成の域に達している。名手という表現はカーヴァーの作風には馴染まないが、これほどうまく短篇が書ける人はざらにはいない。しかし、それと同時に、この作品を読みながら、レイ・カーヴァー的なプロット（家庭崩壊、窮地に立たされた中年男の主人公）が、すでにひとつの小説スタイルとして、トレードマークとしてそこに確立してしまっていることに、我々は気づくことになる。作家は常に自分のスタイルの完成と、その解体という相反する作業を同時に進行させていかなくてはならないわけだが、そういう意味ではカーヴァーはちょっとむずかしいところに差しかかっていたと言うこともできるだろう。そのむずかしさが『誰かは知らないが、このベッドに寝ていた人が』や、この『メヌード』に漂っている。ひとつのスタイルが完成のポイントを越えたあと、自然に熟れてばらけるということももちろんあるわけだが、たぶんカーヴァーは半ば意識的、半ば本能的にこの「ばらけ」を突破口にして、新しい自己のスタイルへの模索を続けていたのではないかと訳者は推察する。その模索はあとの『ブラックバード・パイ』や『使い走り』といった作品の中でたしかな結実を見せはじめるわけだが。

『象』
"Elephant"「ニューヨーカー」一九八六年六月九日号。

これも相変わらずのカーヴァー節というところだが、ここには不思議な明るさと広がりがある。できの悪い家族、親戚から借金ばかり申し込まれて、断るに断れず四苦八苦する中年男の話で、筋立て自体はぜんぜん明るくないのだけれど、語り口のおかしさで笑いながら読んでしまう。

小説とは直接の関係はないけれど、八〇年代後半から始まったアメリカの長く暗い構造不況の波は、これまでアメリカ産業を下の方で黙って支えてきた労働者や農民といった層をいちばん激しく叩きのめした。産業構造そのものが大きな転換期にあったわけで、その大掛かりで熾烈な再編成作業から振るい落とされた人々の大半は、ごく普通のアメリカ的な価値観をもつごく普通のアメリカ人労働者だった。彼らの多くは労働に誇りをもつことを親から教えられ、それを当然のこととして生きてきたわけだが、特別な専門知識をもたず、すぐ別の仕事に就くことができるような教育も受けておらず、もしレイオフされたら他に行き場所もない人々だった。彼らがそのような社会の揺れ動きの中で受けた傷は大きく、深刻なものだった。彼らは切り捨てられ、彼らのあげる声は多くの場合黙殺された。とくにカーヴァーとテスが暮らしていたワシントン州オリンピック半島の近辺では林業が圧倒的な不況に陥り、あるいは環境保全問題でうまくいかなくなり、町は失業者で溢れた。当地で紹介されたテスのお兄さんもそんな職を失った木こりのひとりで、自分がもう木こりではなくなってしまったことに強いショックを受けて、毎日何もせずにぶらぶらと暮らしていた。彼らは親の代からつづいた木こりの一家であり、木こり以外の生活など想像の枠外にあったのだ。

都会を離れてそのような場所で暮らし続けている作家として、自らワーキング・クラスの家庭に生まれ育った人間として、カーヴァーは彼らの生活や心持ちを描くことに大きな意味を見出していたし、それが作家としての精神のよりどころでもあった。自分が書かなければ、彼らの物語をいったい誰が書くのかという思いもあったはずだ。もっともカーヴァー自身は文学を志して、苦労を重ねながらも高等教育を受けてそのような階層から抜け出し、長い年月にわたってアメリカ各地の大学の創作科で教鞭をとることになった。だから彼をしてアメリカ・ワーキング・クラスの代弁者、スポークスマンと称するのはあまりにも一面的な評価に過ぎないわけだが、それでもやはり彼の骨の中にしみこんでいる基本的な視線、あるいはモラリティーは、まっとうな物言わぬ労働者のそれである。だからこそ彼には、それらの人々の感じる哀しみや苦しみや喜びや誇りというものが、生き生きと理解できたのだと思う。

訳者がこの『象』という短篇小説の中でいちばん強く感じるのは、そのようなごまかしようのないまっとうな等身大の心持ちである。いささか荒っぽいところもあるが、この短篇集の中ではいちばん明るく、勢いのある話だと思う。

『ブラックバード・パイ』

そんなものは朝飯前のブラックバード・パイ、王様の前に出された二十四羽というやつだ。

原文は“Simple as blackbird pie. The famous four and twenty that were set before the king.” これは英米人なら誰でも知っている有名な童謡の歌詞から来ている。童謡の歌詞は次のとおり。

Four and twenty blackbirds baked in a pie.
When the pie was opened, the birds began to sing.
Now wasn’t that a dainty dish to set before the king ?

パイに詰めて焼かれた二十四羽のブラックバード。
パイを切り開いたら　鳥たちはみんなで歌い始めた。
まさに王侯の珍味というものじゃありませんか。

しかしながら“simple as blackbird pie”という表現が英語にあるわけではなく、これはどうもレイモンド・カーヴァーの造語であるようだ。おそらく“simple as apple pie”「実に簡単」（という表現がアメリカにはあるらしい）にひっかけた語呂合わせなのではないか。日本語でいえば「お茶の子ザーサイ、メンマにシナチク」なんていう感じになるのだろうか（ぴったりとした例が思いつかなくて申し訳ありませんけれど）。普通なら適当に「かわして」訳すところなのだけれど、この“blackbird pie”という言葉がそのまま作品の題になっているので、いささか困ってしまうことになる。カーヴァーという人は作品の題に意味を持たせるのを徹底的に嫌った人で、できるだけ意味のない、あまりジューシーでない言葉を文中から適当に抜き出して題にしてしまうことが多い。そしてそれらはある場合には風変わりでアブストラクトな効果をさえ発揮するわけだが、この作品の題のようにうまく日本語にならないものも中にはある。おそらく原題にこだわらずに別の題をつけてしまえばいいのだろうけれど、この作品はカーヴァーが死ぬ直前に書いた、作品系譜的にもかなり重要な意味を持つ作品だし、僕自身これまでずっとこの作品を『ブラックバード・パイ』というタイトルで呼んできて、それなりの思い入れもあるし、あらためて別の題をつけるというのはどうしても気が進まなかった。だから日本人の読者にとっては意味不明で（というか無意味で）申し訳ないのだが、『ブラックバード・パイ』という原題のままで通すことにした。もちろんブラックバード・パイというような料理は現実には存在しない。

この『ブラックバード・パイ』は、読んでいただければわかるように、いささか風変わりな作品である。文中に"the eerie, bizarre aspect of things"という表現が出てくるけれど、まさに「謎めいて、奇妙な」雰囲気が漂っていると言ってもいいだろう。突然家を出ていくと言いだす奥さん、というカーヴァー的状況（家庭崩壊劇）は相変わらずここにも登場するのだが、この作品におけるカーヴァーのストーリー・テリングは、いつも以上に理不尽でシュールレアリスティックな趣を持っている。でもそれは読者の興味を引くことを狙って意識的に作られた、奇をてらった風変わりさではない。それは、言うなれば彼とストーリーとのあいだに介在している小さな距離のようなものが作りだす種類の奇妙さなのだ。ストーリーはちゃんとそこにあるのだけれど（そしてそのストーリーを語っているのはもちろん彼であり、その語る声は彼の声であるのだけれど）、彼の頭はそのストーリーを時々ふらっと離れてしまっている。ストーリーとは別のことを考えているように見える。しかもストーリーはストーリーとして進行していく。そういうちょっと奇妙な対位法的な展開が、奇妙な乖離の感触が、僕にとってのこの小説の大きな魅力になっている。変な褒め方だけれど、心技不一致の魅力とでもいうのだろうか。

これはある意味では難解な作品である。少なくとも、「ここに書いてあるとおり、すらりと読めばあとは考えなくてもわかる」という種類の小説ではない。小説の構造自体が重層的であり、仕掛けがある。いや、仕掛けという言葉は正しくないだろう。それは作者にとっては、極めて自然な物事のありようであるのだから。もしそこに仕掛けがあるとしたら、それは作者自身の意識に仕掛けられた仕掛けなのだ。彼はおそらくその仕掛けを解こうとして小説を書いているわけだが、逆にその仕掛けが小説自体をもまた規定することになる。

使われている言葉じたいはシンプルである。もともとが意識的にシンプルな言葉を使ってものを書いた人だが、死に近づくにしたがってその傾向はますます強くなっていった。そして言葉そのものがシンプルになっていけばいくほど、シンプルな言葉の組み合わせ、組み立ては、ますます研ぎ澄まされた精妙なものになっていく。簡単な言葉を組み合わせることによって語られる深い事実（逆のことをやっている作品が世間になんと多いことか)。それが晩年のカーヴァーが到達した境地である。

主人公の職業はわからない。書き物をしている人らしいが、どのようなものを書いているのかは、ここからはわからない。歴史に詳しくて、いつも歴史的事実や歴史的思考を持ち出しているが、口ぶりからするとどうも歴史の専門家ではないようである。暗記が得意で、ものを記憶するのはお手のものなのだが、何かを考えようとしても、出てくるのは結局具体的事実だけである。生の感情はそれらの「具体的事実」の固い殻の中に埋もれてしまっている。あまり魅力的な人物とは言いがたい。こういうタイプの人間が主人公になるのは、カーヴァーの作品の中ではあまりないことだ。この主人公にもたしかに「情けなさ」「弱さ」のようなものは見受けられるのだけれど、それは読者の自然な共感を誘うような種類のものではないように思える。

いずれにせよ、妻がある夜突然家を出ていく。夫との生活に愛想をつかしたのだ。彼女は夫に長い手紙を書き、あなたは変わってしまったと言う。霧の中から馬が現れて、保安官補と牧場主がそれを捕まえにやってくる。このあたりの話の展開はさすがに面白い。話が生きている。結局馬が連れていかれ、妻が去って行き、主人公が一人であとに残されるところで話は終わるわけだが、いくつかの物事は最後まで解決していない。妻の筆跡で書かれていない手紙は、いったい誰の手によって書かれたのか。「何と言えばいいのかしら、謎とか推測とか、そういう領域じゃないのかしら」と言い残して妻はさっさと去っていく。我々はあとに残された夫とともに「適当に推測して」おくしかないわけだ。

いちばん厄介なのが、最後の主人公の独白。これははっきり言って、僕も最初読んで何が何やらよくわからなかった。文章としてはいちおう理解できるのだが、主人公が何を言おうとしているのかがもうひとつよくわからない。何度か読むと主人公の言いたいことはだいたいわかったけれど、今度は作者がこの部分で本当は何を言おうとしているのか、何を読者に向かって語ろうとしているのかがわからない。どうして歴史というものが、あるいは歴史という概念が、主人公の独白として最後の部分で（言うなれば小説にとっていちばん大事な結論の部分で）これほどまでに大きく扱われ、語られなくてはならないのか。どうして主人公はここまで執拗に歴史にこだわらなくてはならないのか。どうして「妻を娶ることは、歴史を娶ることである」といったいささか風変わりな理論が、まるでとってつけたみたいに最後に唐突に登場してこなくてはならないのか。

はっきり言うと、この結末の部分は実にカーヴァーらしくないのだ。カーヴァーという人は書こうと思えばもっと巧妙な、すっきりとした文章が書ける作家である。でも彼はここでは、この最後の部分では、おそらく意識的にうまい文章を書こうとしていない。小説のうまい結末を書こうとしていない。そして彼はあたかも上手な文章を書きたくないように振る舞っている。何故だろう？　どうしてそんなことをしなくてはならなかったのだろう？　それがこの短篇小説に関して僕が最初に抱いたひとつの大きな疑問だった。

系譜的に見ると、この作品は短篇小説としては最後から二番めに書かれたものである。僕はテスに一度「この小説を書いた時、レイは癌の告知を受けていたのですか？」と質問してみた。彼女の答えはノオだった。この時点では、彼は自分の余命がいくばくもないということをまだ知らされてはいない。にもかかわらず、僕はこの作品を読むたびに、彼が自分の生命についての隠された事実を本能的に把握していたのではないかという思いにかられてしまうのだ。ここにはそういう不思議な予兆とでもいうべき感触がある。妻に去られてひとり霧の中に残される残骸のごとき中年男の姿は、かなり自覚的に設定された死のイメージを浮かび上がらせる。それは理不尽であり、熾烈であり、回復不能なるものである。死者は理由もなく生命ある世界から暴力的に振るい落とされ、歴史からこぼれ落とされていく。そして彼は自分を「こぼした」まま進んでいこうとする「歴史」を、ある夜唐突に家から出ていってしまう妻の姿に重ね合わせたのではあるまいか。

もちろんそれがすべてではない。それだけのメタファーで小説が成り立っているわけではない。出ていった妻は、出ていった妻である。それはカーヴァー自身が現実に傷つけ、失ったものである。でもそれと同時に、それは彼という存在から決定的に致命的に離れていく「血肉あるもの」なのだ。生命を生命たらしめるものなのだ。

そういう文脈で読んでいくと、話の筋はかなりすっきりとしてくる。突然に、ほんとうに突然に、彼女は出ていってしまう。そしてもう二度と帰ってはこないのだ。さよならのキスもなしに。彼は受け取った手紙の順番をばらばらにして読むことによって、そこに含まれているリアリティーを表面的に分解し破壊することによって、そのすさまじいまでの恐怖を一時的にでも回避しようとする。真相から顔を逸《そ》らそうとする。でも彼には逃げることはできない。彼がどれほど顔を背けたところでリアリティーはちゃんと存在し、進行しつづけるのだ。生きた歴史は、血肉ある歴史は、彼をそこに残したまま、スーツケースをさげて出ていってしまうのだ。深い霧の中に、永遠に。

そしてそのあとに残されるのは深い霧のような懐疑である。その懐疑へと彼を誘うのは、まず謎の筆跡である。妻のものではない筆跡で書かれた妻の手紙。そこには解決へのヒントさえもない。問題の手紙さえもう失われてしまっている。その謎は解決を拒否している。その謎は彼が具体的事実で固めた自己防御的な硬い殻の中に、ゆっくりと時間をかけて懐疑を浸透させていく。そしてその結果、彼は手紙という物体が意味する具体的事実を「なんでもないもの」として捉えなおすことになる。

手紙そのものではなく、その手紙の中に書かれてあった、私が今でも忘れることのできない物事が大事なのだ。そう、そんな手紙なんてぜんぜん貴重なものじゃない。

最後の方で主人公はそう語る。原文は“No, the letter is not paramount at all.”となっている。シンプルな文章で、一見してとくに問題もなさそうに見える。でも何度か読みかえしていると、何かひっかかるものがある。あるいは手紙が paramount じゃないという表現がいささか唐突で大仰すぎるのだろうか？

僕はあくまで「想像する」のだけれど、この the letter について語るとき、カーヴァーは同時にまた、自分があとに残していくことになる小説のことを重ねて考えていたのではあるまいか。言うまでもなく文学者とは“a man of letters”である。だからこそ、そんなものべつに paramount でもなんでもないんだ、という表現が出てくることになったのではあるまいか。「本当に大事なのはそこに込められていたものなんだ。書いたものなんて、それにくらべたら“not paramount at all”なんだ」と。

だとすれば、最後の「そしてようやく私にはわかってくるのだ。自叙伝とは一介の名もなき個人の歴史に他ならないのだということが」という一行も納得がいく。この一見して奇妙な――たいして意味もなさないように見える――一行も、実は作者にとっては切実な一行なのではあるまいか。原文は、

That's when it dawns on me that autobiography is the poor man's history.

となっている。そういう文脈をたどっていけば、この一行は明らかに自分の残していく創作への静かな自嘲のように響く。生身の人間として生き、生身の人間としての

人を理解し、生身の人間としての人を愛することに比べたら、小説を書いて後世に残すことに、どれほどの重要性があるのか、と彼は問うているようにさえ思える。そのために彼はこのような「無感覚で、現実的些事にしか興味が持てない」形骸のごとき人物をわざと主人公として据えたのではあるまいか。血肉というものに対照させ、自らをそこにカリカチュアしたのではあるまいか。これまでに自分が傷つけた人々、自分が捨てた人々、そういう人々に対して、そのような所業に対して、小説家としての自分がいったいどれだけの存在意味を持っているのか？　モラリティーという光に照射されるとき、自分という人間は所詮ただの脱け殻に過ぎないのではないか？　小説というものがいったい何を救うことができたのか？　カーヴァーが語ろうとしているのはあるいはそういうことであるのかもしれない。それは『親密さ』に結びつくテーマでもある。

これはもちろんその前に出てくる「いや、私には何もわかってはいない。今も昔も、私に何かがわかったことなんて一度もない（No, I don’t know anything about anything, and I never did.）」という主人公の台詞に呼応している。

そこにはひとつのメッセージがある。それは独白に近いメッセージである。そのメッセージは読者に向けてというよりは、あるいはまたストーリーに向けてというよりは、むしろ自分自身に向けて発せられているように思える。そしてそのような大きな、切実なメッセージはおそらくいわゆる巧妙な文章の中には収まりきらなかったのだろう。それはもっとゆるい「ばらけ」のような入れ物の中にしか入りきらなかったのだろう。彼の求めた救いは、おそらく整合的なものの中には見出せなかった種類のものだったのだろう。一人の読者として、一人の作家として、僕はそれをひしひしと感じることができる。だからこそ最後の部分が、それまでの部分に比べていわゆる小説的バランスを欠いてしまうことになる。ストーリーと作者との意識の乖離があると初めに書いたのは、つまりはそのことである。そこには一種の幽体離脱のような感触がある。作者の意識がストーリーの中から出てきて、ふっとそこに浮かんでいるのだ。それがおそらく、レイモンド・カーヴァーという作家が、自分の生を代償としてたどりつくことのできた場所なのではないだろうか。

『使い走り』

"Errand"　「ニューヨーカー」一九八七年六月一日号。

短篇集『象』の白眉ともいうべき作品で、レイ・カーヴァーの短篇を語る上で抜かすことのできない一篇である。この小説を書いている時点で、彼は医者によって癌を宣告されていたし、それは事実上の死を意味していた。テス・ギャラガーの文章（続刊『滝への新しい小径』に収録）にもあるように、彼は決してその死を避けがたいものとして従順に受け入れてはいなかったし、力の限り闘うことを決意していたわけだけれど、それでもなお、死が自分の身に訪れるであろうことを自覚していたはずだ。彼は職業的観察者として冷静に正確に自らの状況を把握していたはずだし、それほど楽天的に構えてはいなかった。これはレイ・カーヴァーにとっての最後の短篇小説であり、そのような死の知覚を抜きにして作品を語ることはできない。

この作品は読んでいただければわかるように、アントン・チェーホフの死の様子を直接の題材にとっている。そして作者はそこにまもなく――かなりの確率で――訪れるであろう自らの死を、いうなればシミュレーション（予行演習）のようなかたちで重ね合わせている。実を言うと、この時期にはカーヴァーはもうほとんど短篇小説を書いていない。『ブラックバード・パイ』を最後にして彼は小説から離れ、詩作に向かおうとしている。それでもなお彼は力を振り絞って筆を取り、多量のエネルギーと強い集中力を必要とする短篇小説の執筆にとりかかった。体調がすぐれず、また大きな精神的不安を抱えた作者にとって、それは身を削るような辛い作業であったと推測される。とくに完璧な作品を生み出すために気力を傾けて彫琢に彫琢を重ねるカーヴァーのようなタイプの作家にとって、その労苦は並大抵のものではなかったはずだ。それだけカーヴァーは「やむにやまれぬ」思いでこの作品を書いたということもできよう。

テスの証言によれば、カーヴァーの創作意欲をかき立てたのはチェーホフの伝記だった。彼はそれを読み、その前世紀に生きた偉大なロシアの作家の末期の姿に、心を強く打つ何かを見出すことになったのだ。たぶん彼がそこに見出したのは、自らのイメージであったに違いない。

この作品をお読みになっていただければわかるように、レイモンド・カーヴァーとアントン・チェーホフのあいだにはいくつかの共通点がある。まず第一に、彼らは二人とも功成り名を遂げた高名な短篇小説作家であった（同時にチェーホフは劇作家であり、カーヴァーは詩人であったわけだが）。二人ともエリート階級の出身ではなく、貧しい農奴の孫であり、製材所の労働者の息子であり、おそらく彼らはそのせいでサロン的な芸術に対してははっきりと距離を置き、ある場合には敢然と背を向けることになった。彼らの生き方や小説のスタイルは極めて個人的であり、一人一党的であり、結果的に世間に広く認められはしたが、それでもやはり時流とは無縁な場所で自らのペースをしっかりと守りながら仕事を続けていた。二人とも中年になってから良き伴侶を得て、彼女たちに温かく看取られながら、比較的若くして死ぬことになった。彼らの命を奪ったのは不治の病だったが（当時の結核は不治の病で、今日の癌に相当すると言ってもいいだろう）、どちらの作家も自分の肉体の敗北を簡単に認めようとはしなかった。

これだけ多くの共通点があれば、世紀こそ違え、国こそ違え、レイ・カーヴァーがアントン・チェーホフの中に自らのイメージを見出すのも当然のことであると言っても差しつかえあるまい。小説はいつものカーヴァーの小説とは違ったテンションを含んだまま、いわゆるニュージャーナリズム風の文体で進行していく。訳者は実際のチェーホフの死についての詳細を知らないが、話の流れから言って、おそらくこれらはみんな事実に即した描写だろう。小説の前半部はそのような淡々とした抑制された描写によって占められている。物語はホテルのボーイの出現によって生まれる。チェーホフの臨終を迎えて、医師がその偉大な作家に敬意を表するべくシャンパンを注文する。午前三時にどのような人間がシャンパンを注文するのかわからぬままに、そのボーイはシャンパンを運んでいく。実際の伝記にボーイに関する記述があるのかないのか、訳者にはわからないが（ごく簡単な記述があったのではないかというのが個人的な想像だが）、いずれにせよそのボーイはチェーホフの死というドラマのなかでは無意味な脇役である。名前もないし、特別な発言もしない。彼は普通のホテルのボーイであり、ホテルのボーイとしての決められた役割を過不足なく果たすだけである。

しかしカーヴァーは、このイノセントにして凡庸なボーイの視点を一時的に借りてくることによって、チェーホフという時代を画した一人の作家の死を、極めてリアルで等身大なものに転換してしまっている。そこには奇妙なほど物静かで鮮やかな死の手触りがある。それは本当に——こういうのは変な言い方かもしれないが——本物の死に見える。このホテルのボーイの視点から眺めたチェーホフの死という「カメラ・アングル」を思い付いたとき、作者にとってこの小説はもうほとんど完成したようなものだったのではないだろうか。いうまでもなくカーヴァーはこの小説を書きながら、自らを死にゆくチェーホフの中に重ねていたわけだが、それと同時に彼はチェーホフ＝カーヴァーの死を目撃する一人の名もなきボーイの中にも自分を重ねていたのだと僕は想像する。彼は死ぬものであり、それと同時にその死を見るものであった。そしてそのような構造的二重性、複合性がこの作品の味わいを極めて深いものにしている。このボーイは僕に詩集『滝への新しい小径』の中に収められた『「ポエトリー」についてのちょっとした散文』に登場する少年時代のカーヴァー自身の姿をふと思い起こさせる。一人の老人から、あたかも魂の継承のように詩の雑誌を授けられる無垢な少年の姿を。そこには再生の感覚さえかすかに漂っている。

僕がこの小説を読んでもっとも強く心打たれるのは、このようなレイモンド・カーヴァーの小説家としての一筋縄ではいかない「冷徹さ」であり「痛烈さ」である。自らの死の間際に至ってもそこには自己憐憫《れんびん》もなく、おののきもない。実際にはあるのかもしれないけれど、少なくとも小説的にはない。それが小説としてふさわしくないと思えば、たとえどのような立場にあれ、状況にあれ、彼はそのような感情をきっぱりと排除することができたのだ。

他の全ての巻と同様に、翻訳に関しては柴田元幸氏の多大の協力を得た。深く感謝する。

なお、この翻訳ライブラリーのために既訳を大幅に改稿した。

本書には『象／滝への新しい小径』（レイモンド・カーヴァー全集 第六巻 一九九四年三月 中央公論社刊）より、短篇集『象』と解題の一部を収録しました。ライブラリー版刊行にあたり訳文を改めました。

（編集部）

装幀・カバー写真　和田　誠

村上春樹《むらかみはるき》 翻訳《ほんやく》ライブラリー

象《ぞう》

2008年1月10日　初版発行
2020年3月31日　再版発行

訳　者　村上《むらかみ》　春樹《はるき》
著　者　レイモンド・カーヴァー
発行者　松田陽三
発行所　中央公論新社
〒100-8152 東京都千代田区大手町1-7-1
電話　販売部 03(5299)1730
　　　編集部 03(5299)1740
URL http://www.chuko.co.jp/
印　刷　三晃印刷　　製　本　小泉製本

Published by CHUOKORON-SHINSHA, INC.
Printed in Japan　ISBN978-4-12-403507-0 C0097
定価はカバーに表示してあります。
落丁本・乱丁本はお手数ですが小社販売部宛お送り下さい。
送料小社負担にてお取り替えいたします。

村上春樹 翻訳ライブラリー　　既刊・収録予定作品

レイモンド・カーヴァー著
頼むから静かにしてくれ Ⅰ〔短篇集〕
頼むから静かにしてくれ Ⅱ〔短篇集〕
愛について語るときに我々の語ること〔短篇集〕
大聖堂〔短篇集〕
ファイアズ〔短篇・詩・エッセイ〕
水と水とが出会うところ〔詩集〕
ウルトラマリン〔詩集〕
象〔短篇集〕
滝への新しい小径〔詩集〕
英雄を謳うまい〔短篇・詩・エッセイ〕３月刊行予定
必要になったら電話をかけて〔未発表短篇・インタビュー〕

スコット・フィッツジェラルド著
マイ・ロスト・シティー〔短篇集〕
グレート・ギャツビー〔長篇〕
ザ・スコット・フィッツジェラルド・ブック〔短篇とエッセイ〕
バビロンに帰る　ザ・スコット・フィッツジェラルド・ブック２〔短篇とエッセイ〕

ジョン・アーヴィング著　熊を放つ 上下〔長篇〕

マーク・ストランド著　犬の人生〔短篇集〕

C・D・B・ブライアン著　**偉大なるデスリフ〔長篇〕**

ポール・セロー著　**ワールズ・エンド（世界の果て）〔短篇集〕**

村上春樹編訳
月曜日は最悪だとみんなは言うけれど〔短篇とエッセイ〕
バースデイ・ストーリーズ〔アンソロジー〕

太字は既刊